Tilo B.

Alltägliche Sensationen II
Geschichten und Reportagen

AF191976

Nichts ist verblüffender
als die einfache Wahrheit,
nichts ist exotischer
als unsere Umwelt,
nichts ist phantasievoller
als die Sachlichkeit.
Und nichts Sensationelleres
in der Welt gibt es,
als die Zeit, in der man lebt.

Egon Erwin Kisch
Journalist und Schriftsteller

Alltägliche Sensationen II

Geschichten und Reportagen

von

Tilo B.

2021

Schlagworte
Reportagen, Geschichten, Berichte, Alltägliche Sensationen, DDR,
Seefahrt, Spergau

Impressum
© Tilo Buschendorf, Spergau, August 2021
Titel- und Umschlaggestaltung Pierre Kynast

Erste Ausgabe © pkp Verlag, Pierre Kynast, Merseburg, Oktober
2021 – Internet: http://www.pkp-verlag.de – Herstellung und Ver-
trieb: Books on Demand GmbH, Norderstedt – Paperback: ISBN
978-3-943519-50-1 – Hardcover: ISBN 978-3-943519-52-5 –
E-Book: ISBN 978-3-943519-51-8

Inhalt

Teil I

Geschichten

Teil II

Reportagen

Teil I
Geschichten

Alles was bleibt ...

... ist Erinnerung, und alles hat seine Zeit. Der Mensch und das von ihm Geschaffene hat seine Zeit. Auch der alte Konsum des Dorfes mitsamt der Bäckerei nebenan, einstiges dörfliches Einkaufszentrum, hatten ihre Zeit. Treffpunkt von: hast du schon gehört oder weißt du schon das Neueste. Anfang des 20. Jahrhunderts erbaut, hat der Zahn der Zeit schon lange an den alten Gemäuern genagt. Nun sind sie abgerissen. Übriggeblieben ist – vorerst nur – ein großer Berg aus Ziegelsteinen, Brettern und Schutt. Auch der hat seine Zeit, bis irgendwann der letzte Stein seine Reise zum Friedhof der alten Häuser antritt.

Einwohner sind gekommen. Zu sehen, wie sich der Abrissbagger Stück für Stück ins alte Mauerwerk frisst, um den letzten Fragmenten den Garaus zu machen. Die

Menschen stehen und staunen. Alles hat seine Zeit, wird mancher dabei denken. Schon ist der Blick frei auf das, was bisher nur als Turm über dem Dach sichtbar war. Die Kirche in ihrer vollen Größe und Schönheit. Was wird noch zum Vorschein kommen? Wie viele Jahre mag es her sein, dass aus dieser Sicht das ehrwürdige Gotteshaus betrachtet werden konnte? Selbst die ältesten Bürger können sich nicht erinnern, ihre Kirche aus dieser Perspektive je gesehen zu haben.

Wird endlich Zeit, denkt mancher, angesichts des Mauern und Wände niederreißenden Abrissbaggers. Und bei dem einen oder anderen werden Erinnerungen wach. Erinnerung an eine Zeit, als man im Konsum noch seine Einkäufe tätigte. Als man beim Bäcker noch Brot und Brötchen kaufen konnte oder den selbst angerührten Kuchen zum Abbacken brachte. Erinnerungen an die Zeit, als sich vor dessen Ladentür, oft weit vor Ladenöffnung, eine scheinbar endlos lange Schlange bildete, um die ersten frischen Brötchen zu erstehen. Erstehen im wahrsten Sinn des Wortes.

Irgendwann, in nicht mehr ferner Zeit, steht an dieser Stelle ein neues, ein schöneres Gebäude. Dann ist dem Betrachter dieser Blick auf die Kirche, in ihrer vollen Größe und Schönheit, wieder versperrt. Alles hat seine Zeit.

Auch der Mensch hat seine Zeit. Was von ihm bleibt, ist Erinnerung. In schwarzen Marmor festgemeißelt, auf grüner Wiese oder Stein auf Stein, als von ihm Geschaffenes errichtet, erinnert er an die Zeit seines Durchganges hier auf der Erde. Will uns sagen: Hier hat ein Mensch gelebt.

Es gibt Tage ...

... im Leben eines jeden Menschen, da hört die Erde für einen Moment auf, sich zu drehen, und man meint, die ganze Welt stürzt zusammen. Himmel und Hölle öffnen ihre Tore gleichzeitig. Die Gedanken jagen wie Düsenjets durch den Kopf, und man weiß nicht, wo oben und unten ist. Und wenn sie sich dann wieder dreht, wird nichts mehr sein wie vorher! Warum muss mir das passieren, fragt man sich.

„Ich glaube, das ist eher etwas für den Onkologen", sagt der Doktor zu mir. Ich ahne Schlimmes. Seit Wochen plagen mich heftige Schmerzen in Rücken und Bein, und bisherige Therapien beim Knochendoktor haben nicht gefruchtet. Weil ich immer noch Schmerzen habe und mein Rücken so krumm ist, dass meine Nase fast den Boden berührt, soll ein anderer Arzt sich das ansehen, beschließe ich. Und der sagt jenen für mich den verhängnisvollen Satz. Das ist der Krebs. Nun ist er doch wiedergekommen. Der Krebs, den ich besiegt zu haben glaubte. Als ob es damit nicht genug ist, folgen weitere solcher Weltuntergangstage. Was jener Doktor auf den ersten Blick zu erkennen glaubte, wird durch weitere Untersuchungen bestätigt. Er ist wieder da.

Und nun? Es gibt Tage, da sitze ich und grübele. Einfach nur so. Bootsmannsprüfung, sagte ich früher. Was das ist? Eine Stunde an Deck stehen und Hände in den Taschen. Auf das Meer starren und an nichts denken. Oder doch? In solchen Stunden bekommen die Gedanken Flügel. Sie fliegen zu den Dingen, die man nicht versteht, und auf die man nie eine Antwort bekommt! Zu den Träumen, die man vergessen hat. Zu Orten, an die man zurückkehren möchte, und zu Menschen, die man gern wiedersehen würde. Einiges, was man hätte besser machen können. Es scheint, der Glaube ist mir abhandengekommen. Aber was ist das? Glaube? Erinnerungen werden wach. „Glaube ist das, worauf man sich selbst einlässt", sagte unser Pfarrer mal zu mir, als ich ihn nach dem Begriff des Glaubens an Gott befragte. Mit der Antwort konnte ich gut leben. Er, ein Mann der Kirche, muss es schließlich wissen, dachte ich damals. Er glaubt an Gott. An den Herrn im Himmel, der unser Leben lenkt. Nun stellt sich für mich mit des Pfarrers Antwort die Frage nach meinem Glauben an Gott neu. Worauf ich mich selbst einlasse? Auf die Mitternachtsmesse zu Heiligabend lasse ich mich ein. Auf Besuche in Kirchen. Meist anderswo. Andächtig bewundere ich dabei Gottes Domizil. Darauf lasse ich mich ein. Immer auf der Suche nach meinem Glauben. Vielleicht gibt es ihn doch? Den Herrn im Himmel. Den Lebenslenker, den Hilfe-in-der-Not-Bieter. Darüber grübele ich.

Und dann gibt es Tage, an denen die Sonne mein Herz streichelt.

„Sie sind geheilt", heißt es noch fünf Jahre zuvor. Ein Glückstag. Ich bin frohen Mutes. In meinem Leben scheint wieder die Sonne und wärmt mich. Ich bin ein Glückskind. Genieße das Leben, alter Junge. Jetzt erst recht, denke ich an Tagen, wenn mir, bewusst oder unbewusst, dieser Satz ins Gedächtnis gerufen wird. Genieße den Erfolg und die Anerkennung. Mit der Familie, mit den Freunden und den Menschen ringsum. Das Wort genießen steht an erster Stelle in meinem Wortschatz. Was heißt genießen? Für den einen ist es die Tasse Kaffee zum Frühstück oder das Glas Wein am Abend. Nicht, dass ich das verschmähe. Nein! Dann aber bitte mit Genuss. Ich genieße auch das Laufen. Urlangsam und ohne die Uhr. Abschalten und entspannen. Im gemütlichen Trab geht es durch die Landschaft. Entlang des Flusses, vorbei an Obstwiesen und durch kleine Wälder. Es gibt nichts Besseres, um Luft, Sonne zu genießen. Das sind die Tage, da sage ich mir: her mit dem Leben.

Und nun! Nun ist es doch anders gekommen. Es gibt eben Tage ...

Die Himmelfahrt von Martha, Max und Siggi

Wahrlich, ich vermag es nicht mehr zu sagen, wann mir Max, seinen vollständigen Namen will ich hier verschweigen, das erste Mal über den Weg gelaufen ist. Ja, gelaufen im wahrsten Sinn des Wortes war er. Denn Max war Läufer. Ausdauerläufer. Keinen Wettkampf hat Max ausgelassen. Ganz gleich bei welchem Wetter, ganz gleich an welchem Ort und ganz gleich wie lang die Strecke war. Meist kam er mit dem Fahrrad zum Ort des Geschehens. Max war eben ein Ausnahmeläufer. Stets freudig begrüßt von den Läufern und zähneknirschend von den Zeitnehmern erwartet, wenn er nach endlos langer Zeit die Ziellinie überquerte. Oft beklagte er sein ach so krankes geschundenes Herz. „Tilo, weeste, mein Herz will nicht mehr so, wie ich will", verriet er mir mal. „Der Doktor meint, ich solle mich nicht so anstrengen. Aber ich kann nicht aufhören. Verstehste das?" Ich versuchte es zumindest. Aber mehr als über mitleidiges Bedauern kam ich nicht hinaus. Ganz gleich, in welche Richtung ich meine Gedanken schickte. „Max, pass auf dich auf. Du kommst bestimmt mal ins Paradies", sagte ich ihm jedes Mal. Schon beim nächsten Wettkampf war Max wieder da. Pünktlich neun Uhr war er zur Stelle. Mit dem Rad. Wie sonst? Einmal gab es einen Wettkampf, den ein kleiner Ort organisiert hatte. Die Strecke, mehr als fünf Kilometer lange Runden, führte über einsame Wege, durch einen dunklen Wald und musste einmal oder zweimal gelaufen werden. Auch Max wollte sich diesen Wettlauf nicht entgehen lassen. Zwei Runden hatte er sich vorgenommen. Zehn Kilometer ganz allein. Ihn nur zu einer Runde zu veranlassen, war aussichtslos. „Ich habe doch nicht den weiten Weg hierher gemacht, um nur eine Runde zu laufen", argumentierte er. Die Zeitnehmer knirschten wütend mit den Zähnen. Kaum war der Startschuss verhallt, da waren die ersten Läufer längst davongeeilt. Max kam da erst langsam und den Zurückgebliebenen winkend in Tritt. Nur mühsam fand er sein, inzwischen allen Läufern bekanntes gleichförmiges Schritttempo. Als Max seine erste Runde geschafft hatte, wurde den drei ersten Läufern bereits zum Sieg gratuliert. Die ersten einhundert Meter seiner zweiten Runde hatte Max gerade in Angriff genommen, als weit in der Ferne dunkle Gewitterwolken aufzogen. Ein Sommergewitter kündigte sich an. Schnell kam das Blitzen und Donnern immer näher. Wolkenfarblich konnte man erkennen, dass es möglicherweise zu einem Unwetter heranwachsen würde. Besorgt schauten die Kampfrichter immer wieder zum Himmel. Kommen alle Läufer noch rechtzeitig ins Ziel? Das war aber die kleinere aller Sorgen. Alle einte der gleiche Gedanke. Wo bleibt Max? Diese Frage beschäftigte alle. Müssen wir jemanden Max entgegenschicken, fragte sich der Organisator. Hoffentlich schafft er es und schickte ein Stoßgebet gen Himmel. Um es vorwegzunehmen – Max hat es geschafft. Die Siegerehrung war längst vorbei und die meisten Läufer schon auf dem Nachhauseweg. Da kam Max ins Ziel. Erleichtert begrüßte ich ihn. Doch plötzlich hatte er es sehr eilig. Er wolle schnell mit dem Rad nach Hause, rief er mir zu. „Max, bleib hier! Du kannst dich doch hier unterstellen!", rief ich ihm hinterher. Aber alle Angebote schlug er in den Wind. Ich schüttelte verständnislos den Kopf. Da war nichts zu machen. Alle Argumente fruchteten nicht. So war er eben. Als es bereits heftig blitzte und donnerte, war er schon auf und davon. Beim nächsten Wettkampf berichtete mir Max, dass er an einer Bushaltestelle hatte Schutz suchen müssen. „Du, das hat grade noch geklappt." Ich glaubte es ihm.

Eines Tages war dann diese Anzeige in der Zeitung. Sie war nicht zu übersehen. Sofort wusste ich: Das ist Max, der Läufer. Der Tod hat ihn, plötzlich und unerwartet, so stand es geschrieben, aus seinem Läuferleben gerissen. Im ersten Moment war ich geschockt, obwohl ich wusste, dass es mal so kommen musste. Max klagte ja stets über Herzbeschwerden. In der Laufszene verbreitete sich die Nachricht schneller als ein Feuer auf einer trockenen Wiese. Da hatte ich Gewissheit.

Max ist zu seinem letzten Lauf aufgebrochen. Bis weit ins Weite führt sein Lauf. Hinauf zu jenem imaginären Richter, der über Himmel oder Hölle urteilt.

Ob sich diese Himmelfahrt so vollzog, wie Max es sich vorgestellt hatte? Freunde, lasst uns daran nicht zweifeln.

Der Ort, wo die Vorstadt der Welt endet, ist der Sammelplatz der Seelen. Fast jede Nacht wartet dort eine Kutsche. Keine gewöhnliche. Es ist eine Kutsche für die Himmelfahrt. Das weiße Ross, das vorgespannt ist, hat weiße Flügel. Der Kutscher, im schwarzen Frack und Zylinder, geht bereits ungeduldig auf und ab. Nicht lange braucht er auf den ersten Fahrgast zu warten. Schon kommt jemand. Es ist Max. Wie immer im himmelblauen Sporthemd und schwarzer knielanger Hose. In einer Hand hält er eine Stoppuhr und in der andern einen Rundenzähler, so läuft er mit seinem unverwechselbaren Schritt auf den Kutscher zu. Artig macht Max einen Knicks, so wie er das oft mit mir gemacht hatte, um seinen Respekt zu bekunden. „Sind

Sie das Taxi in den Himmel", fragt er noch atemlos. „Ich will auf kürzestem Weg ins Paradies. Das haben mir meine Freunde versprochen." Freundlich erklärt der Kutscher, niemand komme sogleich ins Paradies. Alle Seelen würden erst zum Fegefeuer gebracht. Dieser Umweg stört Max nicht. Er habe ja die Zusicherung von seinen Freunden. „Und, warum fahren wir nicht ab?" Er sei doch schon da. Er habe sozusagen die Ziellinie erreicht. Dem entgegnete der Kutscher, man müsste noch bis Mitternacht warten. „Wer bis vierundzwanzig Uhr stirbt, fährt noch mit."

In der Tat kommt noch ein Passagier daher. Auf einen Gehstock gestützt kommt eine alte Frau angeschlurft. Den Rücken tief gebeugt. Mit der Nase fast am Boden. Um den Hals trägt sie einen dicken steifen Kragen, der wohl ihren Kopf stützen soll. Es ist die alte Willenkamp. Martha Willenkamp, ihr Mann liegt schon viele Jahre unter der Erde, bewohnt ein kleines, schon baufälliges Häuschen mitten im Dorf, das alle liebevoll das Pfefferkuchenhaus nennen. Die alte Willenkamp, von den Leuten im Dorf nur Martchen genannt, weiß alles und kennt jedermann. Wer krank oder gestorben sei, wem gerade Mann oder Frau abhandengekommen sei, wer guter Hoffnung ist und wer von wem abstamme. Wie gesagt, Martchen wusste alles. Ihren neunzigsten Geburtstag feierte sie erst neulich mit vielen Gästen, denn Martchen hatte eine große Familie. Drei Kinder, sechs Enkel und inzwischen auch einige Urenkel. Auch der Herr Pfarrer; Martchen ließ keinen Kirchgang aus, war gekommen, weil sie stets einige Münzen, manchmal auch ein Scheinchen in die Kollekte fallen ließ. „Vergelt's Gott, liebe Frau Willenkamp", dankte der Pfarrer jedes Mal. Nun aber, so erzählen die Leute, sei sie gestorben. Nicht einfach so im Bett. Nein, nein. Auf dem Weg zum Dorfteich. Hier auf einer Bank im Schatten einer großen

Eiche traf sie sich nahezu täglich mit ihren fast gleichaltrigen Freundinnen zum Plausch. Hier hatte Martchen sozusagen ihren Stammplatz. Den Rücken tief nach unten gebeugt und seit Jahren nur noch auf ihren unverwüstlichen Gehstock gestützt. Und da ist es passiert. Ein Stein lag auf Martchens Weg. Mit dem linken Fuß trat sie drauf und knickte mit dem Fußgelenk um. Ehe Martchens neunzigjähriges Gehirn das wahrgenommen hatte, lag sie schon am Boden. Wie ein trockener knorriger Ast, der plötzlich vom Baum bricht, schlägt sie hin. Ein Aufschrei, wie aus tausend Kehlen, hallte über den Teich. „Martha! Martha, warte, wir helfen dir", rufen ihre Freundinnen, wie aus einem Mund. Die jüngste unter ihnen zückt sofort ihr Handy und ruft Hilfe herbei. Keine zehn Minuten später ist Martchen mit dem eiligst herbeigerufenen Notarzt auf dem Weg ins Krankenhaus. Es sehe nicht gut aus, meint der Arzt, der sie untersuchte, und schüttelt resignierend den Kopf. Ein Halswirbel sei gebrochen und alles nur eine Frage der Zeit. Martchen schien sich, obwohl nur halb bei Bewusstsein, ihrer Lage klar zu sein und verlangt nach geistlichem Beistand. „Vergelt's Gott, liebe Frau Willenkamp", flüstert der herbeigerufene Pfarrer und beginnt zu beten. „Vater unser im Himmel …. Lass sie ein ins Paradies und segne ihren Namen. Amen", sagte er zu ihr, als sie in den Operationssaal geschoben wird. Trotz schneller Operation ist sie doch im Krankenhaus gestorben. Ein Steinchen, Gott allein weiß, wie das dahin gekommen ist, hat sie zu Fall gebracht und vom Leben in den Tod befördert.

Nun schlurft sie auf den schwarzbefrackten Herrn zu und verlangt eine Fahrkarte erster Klasse. Direkt in den Himmel. „Ohne Umsteigen, wenn möglich. Das hat mir der selige Herr Pfarrer vor einigen Stunden versprochen."

Der Kutscher seufzt. Wie oft schon mag er Auskunft gegeben haben, dass es keine direkte Linie in den Himmel
gebe. Alle Seelen werden erst dem Fegefeuer zugeführt.
Martchen überhört das, denn sie ist sich der Zusicherung
des geistlichen Herrn sicher. Dann entschuldigt sie sich bei
Max, dass der Herr habe warten müssen.

„Die Beine", klagt sie. „Meine Beine wollen nicht mehr."

Max ficht das nicht an. Seine Beine sind noch in Ordnung. Nur sein Herz wollte nicht mehr. „Was gehen mich
deine Beine an", brummelt er vor sich hin. „Hauptsache,
ich komme in den Himmel", und wendet sich von ihr.

„Was sagen Sie da? Sie scheinen nicht zu wissen, wer
ich bin", geifert Martchen. Max lächelt überlegen. Er holt
eine Zeitung hervor und liest der Alten seine Todesanzeige
vor: „Plötzlich und für alle unerwartet verließ uns unser
liebster Vati, Opa, Uropa, Fußballer, Schiedsrichter und
Marathonläufer Max-Heinz." Und weiter: „Wir betrauern
in dem Heimgegangenen einen Mann mit einem prima
Charakter von vorzüglicher und erstklassiger Qualität."
Max schlägt die Zeitung wieder zu und grinst. Überzeugt
von der Wirkung, den dieser Text auf die Alte gemacht haben muss. Martchen spuckt verächtlich vor Max auf die
Erde und will sich sogleich in den Wagen drängeln. Der
Kutscher hält sie zurück. Max ist erbost. Mit solchem Be-
nehmen käme sie sicher nicht in den Himmel, ereifert er
sich. „Alle müssen sich in himmlische Geduld fassen." Die
Alte faucht immer lauter. Er habe hier nichts zu sagen.
„Seit Jahren freue ich mich auf meine Himmelfahrt, und
jetzt soll ich Schlange stehen? Also los jetzt! Himmel,
Arsch und Zwirn!" Max macht gute Miene zum bösen
Spiel. „War nicht so gemeint!" Jovial streckt er Martchen
die Hand entgegen. Martha aber will mit ihm nichts mehr
zu tun haben. „Ph! Das sagen Sie jetzt. Außerdem, wer sind

Sie überhaupt. Ich kenne Sie nicht. Waren Sie jemals in der Kirche?", sagt sie schnippisch und wendet sich ab. Darüber erschrickt Max. Wenn das der Kutscher hört und höheren Orts meldet, könnte ihm das vielleicht schaden.

Zum Glück aber kann der Kutscher von dem Gespräch nichts hören, denn aus der Ferne kommt noch einer auf die Kutsche zu. Es ist Siggi auf seinem Fahrrad! Mit dem Fahrrad? Selbstverständlich mit dem Fahrrad. Wie um alles in der Welt wäre Siggi sonst zu Lebzeiten an seinen Arbeitsplatz gelangt. Die Beleuchtung in einer Werkstatt solle er reparieren, hatte ihm sein Meister aufgetragen. Hoch droben unter der Decke, in fünfzehn Meter Höhe. Dazu muss er auf eine hohe Leiter steigen. Ein gefährliches Unterfangen. Ein Gehilfe sollte die Sicherungen entfernen.

„Mach dir mal keine Sorgen, ich glaube, der Strom kennt mich", hatte Siggi zuvor noch geflachst. Drei Lampen hatte er bereits repariert, als es hoch droben unter der Decke aufblitzte. Ein schwacher Knall war zu hören, Siggis massiger Körper stürzt kopfüber nach unten. Ein elektrischer Stromstoß hat ihn vom Leben zum Tod befördert. Ob es nun ein Stromstoß gewesen ist, der den Siggi nicht kannte oder ob der Helfer die falsche Sicherung entfernt hatte, wollen wir hier nicht erörtern. Fakt ist, Siggi ist tot.

Nun fährt auch er geradewegs zum Sammelplatz der Seelen. Mit seinem klapprigen Fahrrad, als wäre es das Normalste auf der Welt, pfeift er dazu ein fröhliches Lied. Als er der Kutsche ansichtig wird, tritt Siggi fester in die Pedale, so dass die alte Karre an allen Stellen kracht, und legt eine schwungvolle Vollbremsung hin. Einen Meter vor Max' Füßen kommt er zum Stehen. Abrupt stoppt der großköpfige Pedalritter sein gepfiffenes Lied und grient, als Max erschrocken zur Seite springt. „Grüß Gott!", ruft er laut lachend und steigt von seinem Gefährt. Max und

Martha sehen sich an. Die Stimme und das markante Gesicht kommen Martha bekannt vor. Max zuckt nur mit den Schultern. „Das ist doch der Siggi! Der Elektriker", ruft sie mit einem Mal. Lustigen Auges mustert Siggi die Alte. Seine Lippen bilden dabei ein kleines O. Dann nickt er bestätigend mit seinem Zeuskopf. Siggi ist nicht erstaunt, die Martha hier zu sehen. Hat die nicht vor vielen Jahren in der Werkskantine gearbeitet? Egal. Den anderen kennt er nicht. „Was bistn du für einer?", fragt er Max. Wieder holt Max seine Zeitung hervor und will seine Todesanzeige vorlesen. Aber Siggi winkt verächtlich ab: „Was da drinne steht, kannste sowieso nicht globen, du alter Schnurpfeifer. Die schreiben eh nur Mist." Max ist erbost. Was erlaubt sich Siggi! „Das haben meine Zurückgebliebenen geschrieben", widerspricht er. Er bitte sich gefälligst Respekt aus. Auch vor seinem Alter.

„Ich bin die Älteste hier", ruft Martchen aus dem Hintergrund und fuchtelt mit ihrem Stock in der Luft herum.

„Halt die Klappe, du alte Hexe", ruft ihr Siggi zu. Die alte Willenkamp ist beleidigt und wendet sich ab.

Sogleich versucht Siggi mit einem kräftigen Ruck, so wie er es immer getan hat, die Wagentür zu öffnen. Das scheint aber nicht die richtige Art und Weise zu sein, denn der Kutscher schiebt ihn energisch zur Seite.

„Das Fahrrad bleibt hier!", befiehlt er. Für Schrott gäbe es keinen Platz in der Kutsche und da oben erst recht nicht. Der Siggi nimmt das nicht übel. Er gibt der alten Karre einen Tritt, so dass sie irgendwo im dunklen Nichts verschwindet.

„Auf wen warten wir eigentlich noch", fragt er ungeduldig die Anwesenden. Er sei froh, endlich hier zu sein, weil er in den Himmel will. Der Kutscher schwingt seine Peitsche und mahnt eindringlich zur Ruhe. „Niemand kommt sogleich in den Himmel", wiederholt er zum x-ten Mal. „Das ist mir scheißegal", ruft Siggi. Wenn es nicht bald losgehe, werde er die Zügel selbst in die Hand nehmen. Der Kutscher wird wütend.

„Halten Sie den Mund!", brüllt er zurück.

„Jetzt schlägt es aber zwölf", geifert wieder die alte Willenkamp stockschwingend. Und da schlägt tatsächlich eine unsichtbare Kirchturmuhr zwölfmal.

„Einsteigen bitte, die Herrschaften! Nicht so drängeln!", ruft der Kutscher wie ein Bahnhofsschaffner. Die Tür knallt zu, der Klepper schwingt die Flügel, und der Wagen hebt von der Erde ab. Über Wolkenberg und Wolkental geradewegs dem Fegefeuer zu. Der Sturm heult, Blitz und Donner rütteln an der Kutsche, so dass sich die Insassen mit aller Kraft festhalten müssen. Aber der Kutscher kennt kein Erbarmen.

Das Fegefeuer sieht aus wie ein Gerichtssaal. Mond und Sterne leuchten nahe, und Wolken schweben umher. Die rechte Wand hat zwei seltsame Tore. Das eine samt zugehörigem Schilderhaus ist blau-gold gestreift und eine Lichtreklame mit der Aufschrift Himmel. Schwarz-rot das andere Tor mit einer schwarzen Tafel, auf der Hölle steht. Vor dem blau-goldenen Schilderhaus tippeln zwei Engel auf und ab und schwingen goldene Palmwedel. Vor dem anderen patrouillieren, mit Birkenruten wie Säbel gezogen, zwei gehörnte Teufel.

An der holzgetäfelten Hinterwand steht ein monumentaler Schreibtisch, fünf Meter in der Länge misst er und ist aus bestem Eichenholz. Hinter diesem stehen zwei chinesisch anmutende Hocker aus Holz und Leder. Dazwischen, in der Mitte der Stühle, ragt ein eichenhölzerner Lutherstuhl auf, dessen Sitzfläche mit rotem Saffianleder überzogen ist. Überall auf dem Schreibtisch liegen Bücher,

Zettel, manche einfach aus Zeitung herausgeschnitten, und Zeichnungen verstreut umher. Sie alle scheinen sich auf die Arbeit eines unbekannten Gremiums zu beziehen. Jetzt öffnet sich an der hinterwandigen Holztäfelung eine unsichtbare Tür. Drei Gestalten betreten den Gerichtssaal. Voran der Gerichtspräsident, ein ehrwürdiger älterer Herr mit prachtvollem weiß gelocktem Haupthaar und dessen Gesicht mit einem ebensolch weißen Bart umkränzt ist. Seine weiße Tunika hat er salopp über die Schultern geworfen. Begleitet wird er von seinen Beisitzern, zwei bartlosen blond gelockten Jünglingen, die ihm mehrere Aktenstapel hinterherschleppen und dabei ein missmutiges Gesicht machen. Der Himmelbeisitzer setzt sich zur rechten und der Höllenbeisitzer zur linken Seite des Alten. Ächzend lässt sich der Gerichtspräsident auf den Lutherstuhl nieder. Die Jünglinge werfen mit Schwung ihre Aktenstapel auf den Tisch. Staub wirbelt auf. Missmutig beginnen sie darin zu blättern, um an der einen oder anderen Stelle sich Notizen zu machen. Manchmal schüttelt der himmlische Gehilfe vorwurfsvoll seinen Kopf, und der Höllendiener reibt sich erfreut seine Hände. Nicht lange, und schon ist der Alte mit leisem Schnarchen eingeschlafen. Die beiden Beisitzer legen sofort ihre Akten aus den Händen und zünden sich an der Mondscheibe eine Zigarette an. Nach dem ersten tiefen Zug klagt der Himmelsbeisitzer, dass er nicht verstehen kann, dass man über jeden Hergelaufenen noch lange verhandeln müsse. Er könne das Gewimmer der toten Seelen nicht mehr hören. Ob Himmel oder Hölle, man müsse mit allen Schlappschwänzen einfach kurzen Prozess machen. Demgegenüber betont der Höllenbeisitzer, in einer Demokratie kann jeder wimmern, soviel er will. Jeder habe das Recht, sich zu rechtfertigen und zu verteidigen. Von dem Gezänk der Beisitzer ist der Alte erwacht. „Ruhe", brüllt der Gerichtspräsident. Er könne das Geschwafel der Jugend nicht mehr dulden. Er sei der Chef und entscheide, ob einer in den Himmel oder die Hölle kommt. Außerdem wüssten sie genau, dass Rauchen und offenes Feuer hier nicht erlaubt sei. Das habe er oft genug gepredigt.

Die beiden Beisitzer löschen beleidigt ihre Zigaretten. Von wegen Geschwafel. Man wird doch noch ein wenig über die Arbeit diskutieren dürfen. Viel Zeit haben sie aber nicht. Schon sind Pferdegetrappel und Peitschenknall zu hören. Zuwachs kündigt sich an. Es sind unsere drei bekannten Insassen.

Die drei Ankömmlinge werden angewiesen, sich auf die Bank gegenüber dem Gremium zu setzen. Nur Siggi gestattet sich sogleich, nach vorn zu gehen und um Aufenthaltsgenehmigung im Himmel zu bitten. Vielleicht könne er zuerst drankommen. „Ich lasse es mich auch was kosten", flüstert er, und seine Lippen formen sich zu einem kleinen O.

„Was fällt Ihnen ein!", brüllt der Himmelsbeisitzer.

„Setzen Sie sich wieder hin! Sie atmen doch schon Himmelsluft." Siggi schleicht wie ein begossener Pudel auf seinen Platz zurück.

Kurz danach schwingt der Gerichtspräsident die Glocke und erhebt sich. In der Hand hält er ein Pamphlet, aus dem er nun mit monotoner Stimme vorzulesen beginnt: „Willkommen im Fegefeuer, dem Reinigungsort aller toten Seelen. Hier wird die Läuterung der Seele eines Menschen nach dessen Tod vorgenommen, sofern sie nicht bereits auf Erden als Heilige unmittelbar in den Himmel aufgenommen wurden." Atemlos lauschten alle drei den Worten des weisen Alten. Die alte Willenkamp hält den Atem so stark an, dass er ihr hinten lautstark herausfährt.

„Was gibt's da zu krächzen", ruft der Höllenbeisitzer dazwischen. Martha zuckte zusammen und schweigt. Insgeheim ist sie froh über die Auslegung ihrer rückwärtigen Äußerung. Schließlich hat sie ja die Zusage vom Herrn Pfarrer. „Damit nichts Unreines in den Himmel komme, ist dieser Ort entstanden, der Fegefeuer genannt wird", referiert der Gerichtspräsident.

Inzwischen haben die beiden Beisitzer in Martha Willenkamps Akten geblättert und sich fleißig Notizen gemacht und schieben alles dem Gerichtspräsidenten zu. Dann greifen sie sich den nächsten Stapel und blättern darin. Es sind Siggis Akten. „Martha, kommen Sie einmal nach vorn", sagt der Präsident nach einer Weile und winkt mit der Hand. Bevor unser Martchen auf ihre Zusage vom Herrn Pfarrer, sie käme sogleich ins Himmelreich, aufmerksam machen kann, erklärt der Gerichtspräsident sie schuldig der üblen Nachrede und der Verbreitung von Unwahrheiten. Mehrmals habe sie deswegen, dabei zeigt er mit dem Finger auf die entsprechende Notiz, schon vor irdischen Richtern gestanden und sei verurteilt worden.

„Aber immer unschuldig, hoher Gerichtshof. Immer unschuldig. So wahr ich lebe."

Alle erschrecken.

„Was? Wer lebt?"

„Ach so, ich bin ja tot. Entschuldigung, das habe ich glatt vergessen", wimmert Martchen. Jeden Sonntag hätte sie fleißig dem Herrn Pfarrer geholfen, die Kollekte zu füllen, beteuert sie, um sich zu rechtfertigen. Sie bereue ihr Geschwätz und wird ganz kleinlaut.

„Aber manchmal war es doch wahr", ruft sie. „Dass der Fleischermeister Säbel mit der blonden Hilde vom Kneipenwirt, na ja, Sie wissen schon …"

„Genug!", brüllt der Gerichtpräsident. Schüttelt seine weiße Haarpracht und macht eine wegwerfende Handbewegung. Er erklärt, dass erstens von dem Geld hier oben nichts angekommen und zweitens Hildes Kind nicht dem Fleischermeister ähnlich sehe, und drittens sei es für ihre Reue sowieso zu spät.

„Ph!", macht sie. „Dann hat wahrscheinlich Lehrer Besserweis das Kind in die Welt gestoßen."

Die Beisitzer unterdrücken mühsam ihr Lachen.

„Schluss jetzt!" Der Gerichtspräsident winkt mit der Hand, und schon wird Martha Willenkamp, die alle nur unser Martchen nannten, von den zwei Teufelsposten unsanft durch das Höllentor befördert. Das war mal ein kurzer Prozess, freut sich besonders der Himmelsbeisitzer und reibt sich die Hände.

„Fast wie bei Hänsel und Gretel", raunt Siggi Max zu, als das Höllentor zufällt und feixt sich eins. Seine Freude währt aber nicht lange. Nach kurzem Aktenstudium wird er als Nächster nach vorn gerufen.

„Sie sind?", fragt der Präsident und lässt die Blätter von Siggis Akte durch seine Finger gleiten.

„Siggi, der Elektriker, Herr Präsident!"

„Haben Sie sonst noch einen Namen?"

„Na ja, manche nennen mich Schnurpfeifer."

Fragend zieht der oberste Richter seine Stirn in Falten.

„Na ich war doch der Einzige, dem man Arbeiten hoch oben unter der Decke zugetraut hat. Wollte mal Hochseilartist werden, und deshalb musste ich oft auf den hohen Leitern balancieren und Lampen reparieren. Immer ohne Gurt und doppelten Boden."

„Das war aber sehr leichtsinnig." Der Gerichtspräsident hebt mahnend den Finger. „Haben Sie dabei nicht an

Ihre Frau und Ihre Kinder gedacht?" Wieder vertieft er sich in Siggis Akten.

„Na ja." Siggi zieht die Stirn in Falten, und seine Lippen formen sich wiederum zu einem kleinen O.

„Ich habe Kinder gezeugt und eine Frau glücklich gemacht – denke ich jedenfalls." Dabei zieht er nachdenklich eine Tabakspfeife aus der Tasche und beginnt diese mit Tabak zu stopfen. Nach einem Feuerzeug sucht er vergeblich. Die beiden Beisitzer, selbst leidenschaftliche Raucher, zünden an der Mondscheibe, so wie sie es zuvor selbst taten, ein Streichholz an und wollen es Siggi rüberreichen. In dem Moment hebt der Alte seinen Kopf. Er ist entsetzt und macht große Augen. Seine Lippen bilden ein großes O.

„Also da, da, das … ist doch die Höhe!", ruft er stotternd. „Hier, hier ist absolutes Rau… Rauchverbot. F… F…Feuer gibt es dort hinter dieser Tür." Und mit ausgestrecktem Arm zeigt er auf das schwarz-rote Tor mit der schwarzen Tafel. Die zwei Teufelsposten sind zusammengezuckt und deuten das als Zeichen zum Tätigwerden. Bevor das Höllentor hinter Siggi zufällt, hört man, wie der dort seine Freunde begrüßt: „Hallo Dieter, bist schon lange hier? Heinz, ist der Kaffee schon fertig? Beil dich, ich mische derweil die Karten."

Als Letzter, wie er es nicht anders kennt, sitzt Max noch auf der Bank. Völlig in sich zusammengesunken verfolgte er das bisher Geschehene. In sich gekehrt denkt er über sein Leben nach. Hatte mein Leben eigentlich Sinn, grübelt er oder habe ich mein Leben einfach nur heruntergelebt.

Ganz in Gedanken versunken überhört er fast, dass er jetzt vor seinen Richter treten soll. Warum er denn hier sei, will der Alte wissen. „Ja also, heiliger Gerichtshof, das ist eine lange Geschichte."

„Erzählen Sie nur ruhig, Max."

„Menschlich gesehen ging es mir immer gut. Ich habe meiner Frau ein sorgloses Leben gegeben und den Kindern eine gute Ausbildung."

„Das ist doch eigentlich genug", wirft der Gerichtpräsident ein.

„Ja, aber innerlich? War ich das, was man glücklich und zufrieden nennt? Habe ich jemals richtig gelacht? War ich jemals richtig betrunken und habe ich mich jemals richtig vom Alltag gelöst? Ich weiß es nicht. Mein Leben war der Sport. Schiedsrichter und Läufer. Keinen Wettkampf habe ich ausgelassen. Bis die Ärzte mahnend den Finger hoben." Aber Max lief trotzdem weiter. Zur Freude seiner Freunde. Zum Ärger der Kampfrichter. Immer war er der, der die Ziellinie als letzter überquerte. Und das schaffte Max immer. Bis eines Tages sein krankes Herz aufhörte zu schlagen.

Es ist ruhig geworden in der Gerichtsstube. Der Gerichtspräsident und seine Beisitzer lauschen den Worten von Max. Nach einer Weile erhebt sich der Gerichtpräsident mühsam und schwingt seine goldene Glocke. Es wird dunkel, und nur ein gläserner Schlüssel leuchtet. Unter Orgelklang und Glockengetön öffnet sich die blau-goldene Himmelstür. Dahinter sieht Max eine goldfarbene elliptische Laufbahn. Die beiden Engel winken mit ihren goldenen Palmwedeln.

„Dein letzter Lauf", ertönt eine tiefe Stimme aus dem Dunkel. Andere Läufer sind zu sehen, die ihre Runden auf dem Himmelsoval drehen. Max läuft ihnen nach. Runde um Runde laufen sie, bis Max nur ganz allein ist. Max will nur noch laufen. Schritt um Schritt und Meter um Meter.

„Ich habe doch jetzt so viel Zeit", seufzt er. Ganz leicht ist ihm mit einmal ums Herz, dieses so geschundene Ding. Das Laufen fällt ihm jetzt nicht mehr so schwer. Max ist endlich im Himmel angekommen.

Kirschen aus Nachbars Garten

Zugegeben, er ist kein einfacher Zeitgenosse, dieser Stefan Strauch. Seine Frau hat manchmal ihre liebe Not mit ihm. Meist immer dann, wenn es um Recht und Gerechtigkeit geht. Da hat Stefan Strauch recht eigentümliche Ansichten. Dabei ist Stefan Strauch ein gebildeter Mann und ein Naturliebhaber dazu. Seinen Doktortitel trägt er nicht zu Unrecht. Dr. rer. nat. Strauch, ein Doktor der Naturwissenschaften also, darf er sich offiziell nennen. Wäre aber unser Dr. Strauch ein Dr. jur., also ein Doktor der Rechtswissenschaften, dann wäre ihm nachfolgendes Geschehnis sicher erspart geblieben.

Um sich von seiner alltäglichen und anstrengenden Arbeit zu erholen, besitzt Stefan Strauch, Verzeihung Dr. Stefan Strauch, einen kleinen Pachtgarten in einer Schrebergartenanlage. Fast täglich fährt er mit dem Fahrrad hinaus. Hackt Unkraut, pflanzt Blumen und hält überhaupt seinen Garten in Schuss. Obst und Gemüse gedeihen dank seinem umfangreichen fachlichen Wissen prächtig. Deshalb erntet er nicht nur die Früchte seines Gartens, sondern auch Lob und Anerkennung von seinen Nachbarn. Dr. Strauchs ganzer Stolz ist aber ein großer Kirschbaum. Große dunkelrote Süßkirschen erntet er jeden Sommer eimerweise, worauf er besonders stolz ist. Nicht eine Kirsche lässt er sich entgehen. Selbst die Stare, die ja besonders auf Süßkirschen erpicht sind, verjagt er mittels raffiniert ausgeklügelter Technik. Doch nicht nur Stare lockt der prallvolle Kirschbaum an. Nein, auch die Kinder aus Nachbarschaft wissen um Dr. Strauchs Kirschbaum mit seinen großen dunkelroten Süßkirschen.

Eines schönen Sommerabends kam eine Gruppe Kinder auf dem Nachhauseweg vom Spielplatz am Garten von Dr. Stefan Strauch vorbei. Beim Anblick des mit großen roten Kirschen vollhängenden Baumes machte sich bei ihnen der Hunger und Appetit bemerkbar. Kurzerhand kletterten sie über den Zaun und begannen, sich an den süßen Früchten zu laben. Einer von ihnen, der kleine Max, kletterte sogar hinauf bis in die Krone, um die süßesten Früchte zu pflücken.

Es waren keine zehn Minuten vergangen, da ging das Gartentor auf, und Dr. Stefan Strauch erschien. Nicht ahnend, wer sich da an seinen Kirschen vergriff. Die Jungen, die sich an den unteren Ästen zu schaffen machten, erkannten die Gefahr zuerst und machten sich schnurstracks aus dem Staub. Der kleine Max benötigte etwas länger, weil der hoch oben in der Krone saß. Gerade als Max ebenso wie seine Freunde über den Zaun flüchten wollte, griff Dr. Stefan Strauch zu. Nach dem Motto „Fang den Dieb" packte er Max und riss ihn vom Zaun herunter, den er schon halb überwunden hatte. Es gab ein trockenes Geräusch, und das bunte Sommerhemd von Max war nur noch ein Fetzen. Die kleinen Dinge bestraft der liebe Gott sofort, dachte sich Dr. Stefan Strauch, und sein ausgeprägter Wunsch nach Gerechtigkeit brachte ihn auf den Gedanken, die Verurteilung des Diebes gleich an Ort und Stelle selbst vorzunehmen. Mit schmerzhaftem Griff hatte er den Arm des kleinen Max fest umklammert und hielt ihm eine gehörige Standpauke von wegen Einbruch, Diebstahl und so weiter. Die Standpauke war so laut, dass sie noch drei Gärten weiter zu hören war. Damit aber nicht genug. Dr. Stefan Strauch hielt sich für befugt, auch das Urteil gleich selbst zu vollstrecken und verpasste dem kleinen Max ein paar gehörige Backpfeifen. Damit glaubte er dem Recht Geltung verschafft zu haben und widmete sich wieder der Gartenarbeit.

Die Eltern des kleinen Max waren da anderer Meinung. Sie erstatteten Anzeige wegen Körperverletzung. Die blauen Flecken an Mäxchens Arm und die Schmerzen von den Backpfeifen waren ein hinreichender Beleg dafür.

Keine drei Wochen waren vergangen, da flatterte ein Brief vom Staatsanwalt ins Haus von Dr. Stefan Strauch. Er sei angeklagt wegen vorsätzlicher Körperverletzung und solle sich nun vor Gericht verantworten, schrieb der Staatsanwalt. Dr. Stefan Strauch sah dem Gerichtstermin gelassen entgegen, denn er wähnte sich im Recht. Take it easy, sagte er sich und erschien pünktlich im Gerichtssaal. Seiner Lebensauffassung entsprechend im bajuwarischen Trachtenlook. Zum rotkarierten Sommerhemd trug er eine kurze, knappsitzende Lederhose, die mittels Hosenträgern vor dem Herunterrutschen bewahrt wurde. An den Füßen trug er, was man landläufig als Jesuslatschen bezeichnet, und auf seinem Kopf thronte ein Tiroler Hut. Die Eltern des kleinen Max konnten sich ein Grinsen nicht verkneifen.

Als der Vorsitzende des Gerichts, Richter Redlich, Dr. Stefan Strauch gewahr wurde, bekam er große Augen. Er lief rot an, und fast wäre ihm die Luft vor Empörung weggeblieben. Dann ging alles sehr schnell. Richter Redlich eröffnete die Sitzung. Wegen der unangemessenen Bekleidung des Beklagten und der damit verbundenen Missachtung der Würde des Gerichts, so Richter Redlich, belegte er Dr. Stefan Strauch mit einer Geldstrafe von zweihundert Euro und verwies ihn des Gerichtssaales. Ein neuer

Termin musste anberaumt werden. Auch da machte Richter Redlich kurzen Prozess. Körperliche Gewalt sei tabu, legte Richter Redlich dar. Erst recht nicht gegen Kinder. Die „Bestrafung" stehe in keinem Verhältnis zum entstandenen Schaden. Er verurteilte deshalb den Dr. Stefan Strauch zu einer Geldstrafe in Höhe von zehn Tagessätzen und zum Schadenersatz für das zerrissene Hemd.

Die Tat des kleinen Max zusammen mit seinen Freunden wertete Richter Redlich als Kinderstreich. Auch er habe sich, so erinnerte er sich, in seiner Kindheit an Nachbars Obstbaum bedient. Das heißt aber nicht, dass jeder einfach in fremde Gärten einsteigen und sich Obst von den Bäumen pflücken kann. Wer dabei erwischt wird …

Da hatte Max eben Pech.

Zwischen Blumen, Bäumen und Beeten

Wenn Menschen sich das Paradies vorstellen, denken sie meist an einen Garten. In Gärten fühlen sie sich wohl und erholen sich vom Stress aller Art. Gärten sind Orte der Fülle, der Fruchtbarkeit und des Überflusses. Gärtner erfreuen sich an ihnen mit allen Sinnen – an der Wärme der Sonne, den Farben der Natur, den Formen und Düften der Blüten, an turtelnden Vögeln, dem Geruch feuchter Erde oder einfach nur an der Stille.

Es ist Frühling, und die Sonne scheint. Ein paar weiße Wölkchen am strahlend blauen Himmel verleihen dem Tag etwas Romantik. Also ideales Gartenwetter. Da zieht es jeden Hobbygärtner hinaus in seinen Garten. Ob Hausgarten, Schrebergarten oder nur die Rabatte vor der Wohnung. Überall sieht man gebeugte Rücken. Die Hobbygärtner sind wieder am Werk. Sie hacken und buddeln, sie zupfen und rupfen und werkeln den ganzen Tag. So auch in der Kleingartenanlage, in der ich heute beim sonntäglichen Spaziergang meine Runde drehe. Ein Blick über den Gartenzaun lässt erkennen, mit wie viel Eifer jeder der selbst ernannten Gartenspezialisten in seine Arbeit vertieft ist. Einer ist gerade dabei, die Kästen mit den frisch gepflanzten Geranien an der Terrassenbrüstung zu befestigen. Im Nachbargarten steht Meier auf der Leiter, um noch einige trockene Zweige aus seinem Apfelbaum zu schneiden.

„Mal sehen, ob wir in diesem Jahr eine bessere Apfelernte haben", ruft er von oben herab.

Die meisten Gartenvereine wurden nur wenige Monate nach Kriegsende gegründet. Alte knorrige Obstbäume, die man in einigen Gärten noch sieht, erinnern an diese Zeit.

„Damals ging es nur darum, etwas zu essen zu haben", erzählt eine ältere Dame. Dementsprechend wurden die Gärten gestaltet. Mit ihrem Mann habe sie damals den Garten übernommen und viele Jahre gehegt und gepflegt. Seit seinem Tod bewirtschafte sie den Garten allein. Obst und Gemüse wie damals müsse sie nicht mehr anbauen, dafür will sie sich an ihren Blumen und den anderen Zierpflanzen erfreuen. „Solange, wie es geht, mache ich das noch", sagt die noch rüstige Frau mit ihren fast achtzig Lebensjahren.

Drei Gärten weiter. Bei einem Ehepaar im mittleren Alter sind nur gebeugte Rücken zu sehen, so sehr haben sie sich in die Beseitigung des Unkrautes auf ihrem Erdbeerbeet vertieft. Mit spitzen Fingern und viel Gefühl, damit die Wurzeln bloß nicht in der Erde bleiben. Ich werde hineingebeten und die zwei gönnen sich eine Verschnaufpause.

„Ich werde nie verstehen, wieso dieses Kraut überall, bei jedem Wetter und ohne gießen wächst", sagt der Mann und reckt sich.

„Das andere muss man ständig betüteln, um es zum Blühen zu bringen", ergänzt seine Partnerin. Womit wir beim Lieblingsaufreger der Hobbygärtner wären. Das Unkraut. Auch ich kann ein Lied davon singen. Der gemeinsame Feind im Beet erhitzt die Gemüter und treibt selbst dem friedfertigsten unter den Gärtnern den Puls in die Höhe. Wer seine Pflanzenschätze schon einmal, wie ich nach dem Urlaub im vergangenen Jahr zum Beispiel, unter hoch wuchernden Disteln, Brennnesseln und andern unliebsamen Pflanzen suchen musste, weiß, wie sich das anfühlt. Gartenarbeit ist zu einem Drittel Erholung und Freude. Der Rest besteht aus Hege und Pflege. Schließlich soll der Garten ein Spiegelbild der eigenen vier Wände sein.

Diese beiden sind Hobbygärtner mit Leib und Seele.

„Nächsten Monat haben wir 25-jähriges Gartenjubiläum", erzählt die Frau. „Solange wie wir das schaffen, behalten wir unseren Garten", meinen beide. Wie auch immer. Freude und Stolz auf das Geschaffene sind ihnen anzusehen. Der Garten hat ein gepflegtes Aussehen. Akkurat sind die Beete für die Aussaat vorbereitet. Bohnen, Karotten und Zwiebeln sollen darauf mal gedeihen.

„Aber das müssen wir nicht anbauen. Im Supermarkt bekommt man alles billiger", erzählt die Frau. „Es macht aber Spaß und schmeckt besser als das Gemüse, das von sonst woher rangekarrt wird." Da muss ich ihr zweifellos recht geben.

„Von den Erdbeeren macht meine Frau immer eine Torte. Der Rest wird zu Marmelade verarbeitet. Auch von den Sauerkirschen auf unserm Baum. Die sollten Sie mal probieren."

Ich glaube es ihnen auch so.

Rund einhundert Kleingärten umfasst die Gartenanlage.

„Pächter aus dem Ort sind hier eher in der Minderheit, weil auf dem Dorf die meisten einen Garten hinter dem Haus haben", berichtet ein Mitglied des Kleingartenvereins. „Die meisten Pächter kommen aus den umliegenden Städten hier in der Chemieregion." Interessant ist, dass immer mehr jüngere Leute sich für einen Garten interessieren. Familien mit kleinen Kindern zieht es immer mehr zur Erholung in den Garten. Dementsprechend gestalten sie sich ihr kleines Fleckchen Erde. Ein Swimmingpool hier, eine Schaukel dort oder einen Sandkasten kann ich beim Blick über die Gartenzäune sehen. Kindergeschrei ist zu hören. Im Garten ist immer was los! Obst- und Gemüseanbau wird seltener. Der Gartenvorstand sieht das nicht gern, drückt aber ein Auge zu. Das sei der Trend, und mit dem wolle man Schritt halten. Der Garten als zweites Zuhause sozusagen.

Anfangs wurde das von den Älteren noch skeptisch beäugt, aber nach und nach wuchs die Akzeptanz. Nahezu alle Parzellen seien inzwischen vergeben.

Dann bin ich in meinem Garten angekommen. Ich stehe nachdenklich auf der Wiese und schaue in die Krone des alten Apfelbaumes und bestaune die ersten jungen Triebe, die hier und da aus der Erde gucken. Einige Vögel ziehen sich empört in den Schutz der Baumkrone zurück. Ich habe sie bei ihrem Schmaus gestört. Dann stehe ich vor dem Komposthaufen aus dem vergangenen Jahr. Es riecht modrig, und die Erde ist noch recht feucht. Der Ehrgeiz packt mich. Schon beginne ich, die Erde aufzulockern und Unkraut zu zupfen. Die großen Erdklumpen sind ziemlich hart, so dass ich sie mit meinen Fingern nicht zerdrückt bekomme. Da muss erst die Hacke herhalten. Aus der fein geharkten Erde schlängelt sich ein Regenwurm. Ich lasse ihn eine Weile auf meiner Handfläche hin und her kriechen. Beobachte, wie er sich windet, und lege ihn behutsam wieder ab. Sofort verschwindet er wieder in der Erde. Im Garten ist halt immer etwas los.

Landgänge

Seeleute heute befinden sich oft lange Zeit auf dem Meer. Wochen, oft auch Monate sehen sie immer das Gleiche. Den Himmel, das Meer, das Schiff und die Menschen, die damit fahren. Jeder kennt jeden. Mit all seinen Macken, Sorgen und Gefühlen. Macht einer von der Crew nur den Mund auf, weiß man schon, was er sagen will. Da ist jeder Landgang eine willkommene Abwechslung.

In meinem Fall war das genauso.

Bei den Mollis

Als Jungspund mit gerade zwanzig Jahren stecke ich in einer schicken weißen Marineuniform. Als Landseemann bin ich in dem kleinen Fischerdorf Lauterbach auf der Insel Rügen stationiert. Hier nennen uns die Küstenbewohner einfach „die Mollis". Im Dorf gibt es einen Konsum, einen Bäcker, zwei Kneipen und den Fischereihafen. Sonst gab es nichts Sehenswertes. Außer im Sommer. In der Urlaubszeit. Dann wimmelt es rings um den Hafen von Urlaubern aus dem Binnenland. Wir nutzen dann jede Möglichkeit, um nach hübschen Urlauberinnen Ausschau zu halten oder gar mit ihnen in Kontakt zu kommen. Dann lassen wir so richtig den Seemann raushängen und erklären jedem Urlauber die Seefahrt.

Eine der beiden Kneipen heißt „Zum schwarzen Bär" und ist die Stammkneipe der Fischer. Allabendlich nach dem Einlaufen treffen sich die Fischer der Genossenschaft hier zum Feierabendbier. Auch wir Mollis sind immer gerngesehene Gäste. Höhepunkt ist einmal im Monat der Tanzabend. „Tanz op de Deel", sagen die Einheimischen. Dann treffen sich de Fischerslüt und die Einwohner, um kräftig das Tanzbein zu schwingen. Wir sind fast immer mit dabei. Unser Hauptfeldwebel und seine Frau liefern am Schlagzeug und dem Akkordeon dazu die musikalische Begleitung. Bier und Schnaps fließen in Strömen, es wird geklönt, gelacht und getanzt. Zu fortgeschrittener Stunde, nach reichlich Alkoholgenuss, kreiselt Fischer Matthes mit seiner übers Parkett. Mit seinen großen Fischerhänden umklammert er dabei ihre wulstigen Brüste. Dazu singen alle aus vollen Kehlen das Lied von den Ostseewellen. Gelegentlich tanzen wir auch mal mit einer der Dorfschönheiten. Mehr aber nicht. Die Alten aus dem Dorf halten ein wachsames Auge auf uns und ihre Töchter. Trotzdem haben wir immer jede Menge Spaß.

Am Ortsrand gibt es noch ein nobles Feriendomizil, das sich ein renommiertes Stahlwerk aus einem alten Schloss geschaffen hat. Vom Frühjahr bis zum Herbstbeginn kann man dort auf der Sommerterrasse sitzen und ein kühles Bier genießen. In dieser Zeit sehnen wir Mollis jeden Landgang herbei, um mit den hübschen Urlauberinnen zu tanzen und zu flirten. Vorausgesetzt, ihr Ehemann ist nicht dabei und oder ist gar zu Hause geblieben. Meist aber wanken wir angeheitert und unbeweibt wieder zurück. Manchmal treffen wir dort auch die Jungs von der Fischereigenossenschaft. Dann wird aus dem gemütlichen Abend ein Saufgelage. Wir singen und grölen alte Seemannslieder, bis sich die holden Schönheiten von uns abwenden.

Besonders, wenn die Jungs geradewegs vom Fischfang kamen und sich der Fischgeruch ausbreitet. Ich versuche dem meist aus dem Weg zu gehen, weil ich mir unbedingt eine von den Hübschen angeln will.

An einem dieser warmen Sommerabende, als ich mal wieder solo unterwegs bin, lerne ich Paula kennen. Paula, eine hübsche dralle Mittzwanzigerin, gutaussehend und mit langem blondem Haar, lächelt mir freundlich zu, als ich sie zum Tanzen auffordere. Von da an habe ich nur Augen für sie, und Paula für mich. Wir tanzen den ganzen Abend miteinander. Mal flott und ausgelassen, mal langsam und anschmiegsam. Uns wird warm, und wir kühlen unsere innere Hitze mit einem Glas kühlen Sekt an der Bar. Irgendwann, nach mehreren Abkühlungen, zieht mich Paula hinter eine abseitige Hecke. Unsichtbar für die anderen Gäste. Sofort fällt mir Paula um den Hals und küsst mich leidenschaftlich. Immer inniger werden ihre Küsse. Ich spüre ihre Zunge in meinem Mund, und meine Hand suchte unter ihrem kurzen Rock nach dem gewissen Etwas. Eng schmiegt sich ihr Unterleib an den meinen. Paulas Atem geht stoßweise, bis nur noch leises Stöhnen über ihre Lippen kommt. Mein Mund wird trocken, und ich spüre, wie etwas Feuchtes an meinem Bein herunterläuft. Urplötzlich reißt sich Paula los und rennt davon. Ich folge ihr. Paula läuft in Richtung Badestrand. Unterwegs reißen wir, uns immer wieder küssend, die Kleidung vom Leib. Das Wasser der Ostsee ist noch angenehm warm. Aus vollem Lauf stürzen wir uns ins Wasser. Wir küssen und necken uns und werfen uns danach erschöpft in den warmen Sand. Als es zu dämmern beginnt, werde ich wach. Paula ist weg. Ich sehe auf meine Uhr und stelle fest, dass meine Landgangszeit längst überschritten ist. Gerade noch rechtzeitig komme ich an. Der UvD wartet schon. „Na meine

Güte, wo bleibste denn", ruft er. „Hast wo kein Ende gefunden!" Ich lächle und zwinkere ihm zu. „Alles klar", antworte ich und verschwinde noch für ein paar Stunden in
meiner Koje.

„Ist abgereist", sagt der Portier lakonisch drei Abende
später, als ich nach Paula frage. Mit hängenden Ohren verlasse ich das Haus. Liebeskummer breitet sich in mir aus.
Aber zum Glück kommt mir mein Freund Bummi in seiner schicken weißen Seemannsuniform entgegen. „Na,
trinken wir ein Bier zusammen", fragt er. Ich nicke betrübt
und folge ihm in den Biergarten. Die Kapelle beginnt zu
spielen und die Tanzfläche füllt sich. Aber Paula habe ich
nie wiedergesehen.

Von Wolgast bis Rostock

Später verdiene ich als Schiffmaschinist auf dem ausge-
musterten Minensucher „Grimma" mein Brot. Der alte
Kasten gehört der Versuchsschiffabteilung der Marine,
und unser Heimathafen ist Wolgast. Oft schippern wir ta-
gelang auf der Ostsee rum oder kommen nur am Wochenende zurück. Ein Landgang in Wolgast ist die einzige willkommene Abwechslung. Zwar hat das kleine Städtchen
am Peenestrom auch seinen Reiz, aber ein Landgang dort
endete meist mehr oder weniger alkoholisiert in einer der
wenigen Gaststätten. Nur im Sommer, wenn die Urlauber
auf die Insel Usedom strömen, fahren wir in die Seebäder
nach Zinnowitz und Koserow, um mit hübschen Urlauberinnen anzubandeln oder ein amouröses Abenteuer zu suchen. Einen Platz in einem der Tanzlokale oder Discos finden wir immer. In unseren Uniformen, besonders wenn

goldene Streifen an den Ärmeln sind, richten sich die Blicke der Urlauber auf uns. Ein Tänzchen, ein Glas „Gothano" oder zwei, und schon zappelt die Auserkorene am Haken, und mancher von uns verbringt mit seiner Angebeteten die Nacht im Strandkorb. Pech, wenn er die vereinbarte Rückfahrt, einer muss immer den Chauffeur machen, verpasst. Dann bleibt ihm nur morgens der erste Zug, der die Wolgaster Werftarbeiter zur Arbeit bringt. Gelächter und Spott inklusive. Eine von den Urlauberschönheiten will partout nicht von mir lassen und schickt mir Tage später nach ihrem Urlaub einen Liebesbrief. Ich zähle fast zwanzig Rechtschreibfehler. Na ja! Ade, du schönes rotlockiges Nachtgespenst, denke ich.

Manchmal haben wir, ich habe inzwischen auf dem Versuchsschiff „Rügen" angeheuert, Gäste mit an Bord. Forscher und Ingenieure aus dem Binnenland, welche die neuesten elektronischen Errungenschaften der DDR auf See ausprobieren. Allabendlich wird deshalb der Hafen in Saßnitz angelaufen. Die Gäste sind froh, sich auf diese Weise weit ab von ihren Ehefrauen amüsieren zu können. Favorit ist stets das Rügen-Hotel, das unter uns Seeleuten nur „Der weiße Riese" genannt wird. Die Namensgebung soll auf Grund seiner Höhe, seiner weißen Farbgebung und weil von den Schweden erbaut erfolgt sein. Böse Zungen behaupten, der Name sei von dem kapitalistischen Waschmittel „Weißer Riese" hergeleitet. Sei wie es sei, es war ein Nobelhotel mit Bar in der obersten Etage. Jackett und Krawatte sind Pflicht. Schon von weitem ist seine weiße Silhouette von See aus zu erkennen. Dann erschallt durch alle Decks der Ruf „der weiße Riese ist in Sicht". Sofort bestellt der Kapitän bei den Maschinisten einige Motorumdrehungen mehr, und die Decksleute beginnen, flink das Oberdeck aufzuräumen. Das Tuckern der

Maschine wird lauter, und der Chief schaut besorgt nach dem Schornstein, aus dem jetzt schwarze Abgaswolken quellen. Die Decksgang verstaut Seile, Farbtöpfe und Pinsel, und Dampf wabert aus der Dusche. Die ersten Gäste machen sich bereits landfein. Abend für Abend rücken die binnenländischen Forscher dort ein, um sich an köstlichsten Getränken zu berauschen. Die Jungs von der Besatzung müssen warten, bis das Schiff am Kai fest vertäut ist. Kaum hat der Kapitän „Feuer aus!" befohlen, sind die Binnenländer bereits auf dem Weg ins weiße Luxusdomizil. Stille ist eingekehrt. Ewald, der erste Maschinist, kommt mit seiner Angelausrüstung an Deck. Als ausgesprochener Petrijünger hofft er auf einen guten Fang, und der Chief hat sich mit dem Bootsmann beim Alten in der Kapitänskajüte zu einem Skatabend eingefunden. Ich schließe mich schließlich dem zweiten Maschinenoffizier an, der ebenfalls in die weiße Nachtbar will. Unsere Gäste sitzen allesamt an der Bar, wie Hühner auf der Stange. Mit lautem Gebrüll begrüßen uns die schon leicht benebelten Binnenländer. Die Barfrau, eine hübsche, vollbusige Dame im reifen Alter und mit weitem Ausschnitt, stellt sofort und ohne Worte ein Glas Sekt vor uns hin. Ihr volles Haar gleicht einer Löwenmähne, die jeder mit seinen Händen gern zerzausen würde. Später, zu vorgerückter Stunde, wird die Dame zugänglicher. Dann spielt sich folgendes Ritual ab: „Na, meine Herren, was möchten Sie noch trinken", fragt sie schelmisch. Einer zeigt mit dem Finger auf das untere Regal. „Egal, irgendetwas von da unten", lallt er. Die Bardame bückt sich und sucht vor sich in den Kühlschränken nach dem Gewünschten. Auf diesen Moment haben alle gewartet. Wie auf Kommando erheben sich alle und recken ihren Hals über den Tisch, um der Dame in ihren tiefen Ausschnitt zu glotzen und einen Blick auf ihren gewaltigen

Busen zu werfen. Die Bardame sucht lange. Mit einem freundlichen Lächeln erhebt sie sich, und ein langes „Ohh, schade" ertönt.

Erst weit nach Mitternacht treten wir gemeinsam den Rückweg an. Der führt, weil wir abkürzen wollen, über das Gelände vom Fischkombinat. Der Wachmann, ein alter Zausel mit Schiffermütze und Zigarre, beäugt uns von oben bis unten. Die mit dem höchsten Alkoholpegel lässt er nicht passieren. Zwei Stunden müssen sie auf einer Bank vor dem Schlagbaum warten. Erst dann dürfen sie den Weiterweg antreten.

Vor einer Lagerhalle stapelt ein Arbeiter der Nachtschicht Kartons mit Fischkonserven. „Hallo, haben Sie für uns eine Büchse Fisch übrig", rufen wir frohgelaunt. Er dreht sich zu uns um, stemmt drohend die Hände in die Hüfte. Und wir müssen feststellen: Der Mann ist eine Frau mit ziemlich korpulenter Figur. „Herkommen!", ruft sie barsch. Erst wollen wir stiften gehen, aber die Neugier obsiegt. „Die könnt ihr alle mitnehmen", sagt sie jetzt schon freundlicher. „Das ist alles Ausschussware. Nicht mehr für den Handel bestimmt." Die Arbeiterin öffnet einen Karton und zeigt uns die Büchsen. Viele haben einen Knick oder eine Beule. Bei manchen sind die Etiketten verkehrt aufgeklebt. „Die sollten alle in den Westen gehen. Aber so nehmen sie die uns nicht ab. Also los! Jeder einen Karton und dann ab!" Das lassen wir uns nicht zweimal sagen. Obwohl noch halb beduselt vom Alkohol, klemmt sich jeder einen Karton unter den Arm, und mit einem demütigen Lachen schleppen wir unsere Beute an Bord. Alles ist ruhig. Die Angel von Ewald steht einsam an der Bordwand gelehnt. „Der denkt wohl, er fängt hier einen dicken Aal", sage ich und zeige grinsend auf die Angel. Einer der Binnenländer nimmt lachend eine Konservendose und bindet sie an den Angelhaken. Kaum beginnt die Sonne aus dem Meer zu steigen, hört man ein fürchterliches Gebrüll im Mannschaftsdeck: „Oh, wenn ich den erwische! Wenn ich den erwische! Der kann sich 'ne Pfeife anbrennen!" Ewald rast vor Wut. Ihm, Angler vor dem Herrn, hat man Schmach angetan. Eine Fischdose am Angelhaken. Wo gibt es denn so was. Der Chief kommt verschlafen aus seiner Kammer. „Ruhe! Was ist denn los, Ewald?" Ewald hält ihm die Fischdose vor die Nase: „Warst du das?"

„Nee! Mensch, Ewald, du spinnst! Frag mal die Landgänger!"

Ewald läuft in sämtliche Kammern und reißt alle mit seinem Wutgeheul aus dem Schlaf. Selbst als die „Rügen" die Saßnitzer Mole passiert, sind seine Schimpfkanonaden in den Decks zu hören. Den Übeltäter hat er nicht ausgemacht. Aber wer immer ihm in den nächsten Tagen über den Weg läuft, kann sich ein hinterhältiges Lächeln nicht verkneifen. Doch irgendwann heilt die Zeit alle Wunden. Auch die von Ewald.

Besonders beliebt war immer ein Landgang in Rostock, die Hafenstadt der DDR. Die hatte es mir besonders angetan.

Die Innenstadt mit seinen markanten Hausfassaden, die Kröpeliner Straße und die Lange Straße luden immer zu einem Einkaufsbummel ein. Immer in der Hoffnung, das eine oder andere Schnäppchen zu machen. Dinge zu ergattern, die es in der Provinz unserer armseligen Republik nicht zu kaufen gab.

Mit der Fähre setzen wir über die Warnow und sind sofort in der Innenstadt von Rostock mit seinen zahlreichen Bars und Gaststätten. Nach einem ausgedehnten Einkaufsbummel beschließe ich den Tag in der Rostocker Storchenbar ausklingen zu lassen. Ausgerechnet an diesem frühen Abend läuft mir Frank, der erste Maschinenoffizier, über den Weg. „Ohne Krawatte kommste da nicht rein", sagt er, als er nach meinem Ziel fragt. Ich wage es trotzdem. Der Portier mustert mich, greift unter seinen Tresen und hält mir eine papageibunte Krawatte hin. „Umbinden!", nuschelt er und schiebt zwei Eintrittskarten über den Tisch. Zum Auftakt prosten wir uns mit einen Glas Sekt zu. Auf einer Bühne spielt eine kleine Band schmalzige Lieder. Nicht lange, und Frank hat sich zu einer schlanken Blonden an den Tisch gesetzt. Neben mir an der Bar hockt eine Brünette und genießt bei einem Glas Sekt offensichtlich ihren Feierabend. „Darf ich bitten?", spreche ich sie an, den Gentlemen aus mir rauskehrend. Sie mustert mich lächelnd: „Besser nicht, Kleiner." Und nippt, mich nicht beachtend, an ihrem Sektglase.

„Warum nicht?", frage ich dümmlich grinsend. Die Dame erhebt sich wortlos. Sie überragt mich um Haupteslänge. Mein Gesichtsausdruck wird noch dümmlicher. Mit einem großen Schluck leere ich mein Sektglas und verschwinde so unauffällig wie möglich. Welch ein Reinfall. Nie wieder Storchenbar, schwöre ich mir.

Während eines Sommers Mitte der siebziger Jahre haben wir einen längeren Aufenthalt in der Rostocker Werft in Gelsdorf. In Gelsdorf, einem kleinen Rostocker Ortsteil, weit ab vom Großstadtgetümmel, gibt es nur zwei Kneipen, die unter den Seeleuten sehr beliebt sind. Nur wenige Stolperschritte von der Fähre entfernt landet der Seemann unweigerlich in „Onkel Toms Hütte". Eine urige norddeutsche Dorfkneipe. Hatte er sich dort den nötigen Alkoholpegel angesoffen, zieht er weiter in die Nachtbar „Dicker Pisser". Ab zweiundzwanzig Uhr warten dort bei Livemusik die Nutten und Nüttchen, um sich die eine oder andere Mark zu verdienen. Ein Besuch im dicken Pisser endet meist stark alkoholisiert. Oftmals müssen wir das eine oder andere Besatzungsmitglied unterhaken und es an Bord schleppen. Sehr beliebt ist rechts neben der Bühne eine Tür, hinter der sich eine Schießanlage befindet. Dort kann man, wie es auf jeden Rummelplatz üblich ist, mit Luftgewehren auf Papierblumen schießen, um sie dann im Alkoholrausch seiner Angebeteten zu überreichen. Einmal erscheint ein Seemann von der Handelsmarine mit dem Luftgewehr im Tanzsaal und beginnt auf die Luftballons, die als Dekoration an der Decke hängen, zu schießen.

Alles kreischt und duckt sich unter die Tische. Die Kapelle sucht hinter ihren Verstärkern Deckung. Es dauert nicht lange, dann rückt die Polizei an. Sofort haben wir alle einen gemeinsamen Feind. Die Polizisten verlassen fluchtartig den Saal. Womit wir aber nicht gerechnet haben, ist, dass draußen vor der Tür bereits die Militärpolizei, aufgesessen im Mannschaftswagen, auf uns wartet. Gerade noch rechtzeitig bin ich verschwunden.

Maruschka

Mindestens einmal im Jahr führt uns eine Reise nach Polen. Gdynia in der Danziger Bucht ist unser Zielhafen. Wieder sind Gäste aus dem Binnenland mit an Bord, die für die damalige Zeit hochmoderne Elektronik für Torpedos testen wollen. Die „Rügen" scheint für sie das richtige Schiff zu sein. Welch ein Glücksfall für uns. Für uns ist die hochmoderne Elektronik für Torpedos nebensächlich. Wir haben nur die binnenländischen Forscher und Ingenieure zu kutschieren. Alles andere interessiert uns wenig.

Seit wir wissen, wohin unsere Reise geht, ist die Stimmung in der Besatzung umgeschlagen. Innerlich freut sich jeder auf die Reise. Äußerlich lässt sich das keiner anmerken. Jeder macht heimlich Pläne, was er seinen Lieben mitbringen will, und Freundinnen oder Ehefrauen haben ihre heimlichen Wünsche geäußert. Für uns ist Polen, besonders Gdansk, das Schlaraffenland. Nicht nur der vielen Bars und Gaststätten wegen. Auch nicht wegen der hübschen Polinnen. Nein, es ist das Flair einer westlichen Großstadt, das unsere Herzen höherschlagen lässt. Wohin man blickt, Leuchtreklame und hellerleuchtete Geschäfte, die mit vielen westlichen Artikeln locken. Ob Jeans, die in der DDR sehr selten zu haben sind, oder Modeartikel, die dem letzten Schrei entsprechen. Zigaretten von „Astor" bis „Stuyvesant", Spirituosen aller Marken und natürlich Schallplatten mit den neuesten Hits der westlichen Welt. Alles ist mit Zloty zu erwerben. Davon haben wir genug.

Natürlich wollen wir hin und wieder auch die zahlreichen Gaststätten und Bars besuchen. Die Älteren unserer Besatzung haben von vergangenen Reisen diesbezüglich Ortskenntnis und Erfahrung. Ein Name macht immer wieder bei uns die Runde. Die „Eremitage" soll eine Nachtbar sein, in der man auch für Geld der Liebe frönen kann. Die Neugier ist groß. Eines Abends, als die „Rügen" wieder einmal im Hafen festmacht, führt uns der Bootsmann in eine kleine maritime Gaststätte, wo wir uns erst einmal mit ein paar polnischen Schnäpsen in Stimmung bringen. Keine halbe Stunde ist vergangen, da taucht unser Koch Harry auf. Im Schlepptau hat er den jüngsten Matrosen. Gerademal zwanzig Jahre zählt er. „Habt ihr die Absicht, in die Eremitage zu gehen?", fragt Harry und ergänzt, als wir nicken: „Die hat noch zu. Die macht erst zweiundzwanzig Uhr auf." Was nun? Der Bootsmann versucht indessen mit einer der schmucken Kellnerinnen anzubandeln. Seine Augen leuchten förmlich vor Lust. Aber die macht sich nichts aus ihm. Wir ziehen weiter. Eine Disco mit quietschbunter Leuchtreklame erregt unsere Aufmerksamkeit. Aus dem Keller dringt laute Discomusik. Auf der Tanzfläche tummeln sich einige hippiemäßig gekleidete und geschminkte Personen, die sich wild gestikulierend nach der lauten Musik bewegen. Jeder für sich allein und wie in Trance. Haben die was eingenommen? Sind wir im Westen? Ich komme aus dem Staunen nicht raus. Aus der sozialistischen DDR kenne ich das jedenfalls nicht. Die übermäßig laute Musik lässt uns alsbald die Disco verlassen. Inzwischen ist es zweiundzwanzig Uhr. Mit einem Taxi, nichts ist in Gdansk leichter zu bekommen, fahren wir in gespannter Erwartung bis vor ein großes, gläsernes Eingangsportal. Der Fahrer öffnet uns die Türen und verbeugt sich. Koch Harry, der Erfahrenere, drückt ihm jovial eine Handvoll Geldscheine in die Hand. Ein Portier in schmucker Livree öffnet uns von innen und begrüßt uns mit einer Verbeugung. „Bittescheen, die Herren. Treten Sie ein. Haben die Herren bestellt?"

„Njet, nix bestellt", antwortet der Bootsmann.

„Ah, nicht gut! Alle Tische schon besetzt", antwortet der Portier und hebt zum Bedauern seine Schultern. Wieder wechseln ein paar Geldscheine den Besitzer. „Danke, die Herren. Werde sehen, was machen." Er verbeugt sich und winkt einen Kellner. Der nickt und bedeutet uns zu warten. Flüchtig schaue ich mich um. Eine breite Treppe führt nach unten zur Tanzfläche. Ringsum an den Tischen sitzen Männer und Frauen fröhlich beieinander. Vielsprachiges Stimmengewirr dringt an mein Ohr. Wahrscheinlich Besatzungsmitglieder der Handelsschifffahrt aus aller Herren Länder, mutmaße ich. Ich erkenne Asiaten, Araber und

Südamerikaner. Im Hintergrund auf einer flachen Empore spielt eine Kapelle moderne Tanzmusik. Daneben ein großer Tisch mit Männern indischer Herkunft, die sich, dabei heftig gestikulierend, lautstark unterhalten.

Der Kellner kommt und stellt einen Tisch und fünf Stühle für uns auf. Etwas abseits der Tanzfläche, hinter einer Säule versteckt. „Bittescheen, meine Herren. Was mechten trinken?" Wir zucken die Schultern und schauen uns um, was an den anderen Tischen getrunken wird.

„Bier!", platzt unser Jungmatrose raus, weil er es nicht anders kennt.

„Nix Bier", antwortet der Kellner erbost und verschwindet. Nach wenigen Minuten kommt er zurück. Er stellt eine kleine Flasche polnischen Wodka und für jeden ein Glas Limonade auf den Tisch. Wir schauen uns verdutzt an und müssen dann lachen.

„Einhundertzwanzig Zloty, bitte! Von jedem." Das Lachen vergeht uns augenblicklich. „Ist auch Eintritt", sagt der Kellner. Wir verstehen und zahlen. Die Kapelle beginnt zu spielen. Ich nippe an meinem Schnaps. Der Wodka ist tatsächlich nur mit der Limo zu genießen. Nach dem zweiten Glas schmeckt er besser. Die Stimmung an unserem Tisch hebt sich. Ich sehe mich um und sauge das Geschehen ringsum in mich auf. Alle weiblichen Gäste haben ein europäisches Aussehen, stelle ich fest. Auf der Tanzfläche winden sich einige der Frauen in tanzartigen und aufreizenden Bewegungen, wie vorhin in der Disco. Eine hübsche Langhaarige gerät in mein Blickfeld. Sie lächelt mir zu und flüstert dann etwas ihrer Tanzpartnerin ins Ohr. Die Tanzpartnerin ist um einige Pfunde schwerer. Ihr dunkelblaues Strickkleid passt wie angegossen zu ihrer Leibesfülle. Sicherlich will sie bewusst zeigen, was sie hat. Jetzt lächelt auch sie zu uns herüber und winkt unauffällig mit der Hand. Hoffentlich meint die nicht mich, denke ich. Meint sie nicht, denn kaum beendet die Kapelle ihre Tanzrunde, kommt die Dicke an unseren Tisch und setzt sich unserem Jungmatrosen, der eine ausgesprochene Spaghetti-Figur hat, auf den Schoß. Über diesen Anblick müssen wir lachen, und der Jungmatrose errötet wie eine Tomate. „Hallo Sailor!" Dabei legt sie lächelnd ihren wulstigen Arm um seine Schultern. Unser Lachen wird lauter.

„Du deutsch", fragt sie ihn.

„Jaja", antwortet er verlegen.

Sie überlegt einen Augenblick. „Gib mir tausend Zloty. Dann wir gehen."

„Äh, wie viel? Tausend? Der Jungmatrose prustet durch die Backen und sagt mehr so zum Scherz „einhundert".

„Dann nicht", sagt die Dicke und springt von seinem Schoß. „Ich gehen zu Chinesen. Dort ich fünftausend." Dabei zeigt sie auf einen Tisch, an dem sich eine größere Gruppe chinesischer Männer vergnügt. Wieder lachen wir lauthals. Die hübsche Langhaarige gerät wieder in mein Blickfeld. Sie winkt mir kurz zu und lächelt. Ich winke verlegen zurück, und schon ist sie wieder weg. Die Stimmung steigt, und nach einer Stunde ist unsere Wodkaflasche fast leer. Gerade will ich eine neue Flasche bestellen, da zaubert unser Koch mit seiner Erfahrung und in weiser Voraussicht eine Flasche Kognak aus seiner Tasche. Marketenderware vom vergangenen Seetag. Die kommt uns gerade recht. Aber nicht dem Kellner. Der eilt protestierend an unseren Tisch. „Hier nix Kognak trinken! Hier Wodka", schimpft er. Nach einem kurzen Disput, bei dem einige Scheine die Hände wechseln, gibt er sich zufrieden. Dazu ein Glas Kognak als Zugabe, und der Kellner trollt sich. Dafür ist aber die Dicke wieder da. Im Schlepptau ihre

Tanzpartnerin. „Die haben uns beobachtet", sagt der Bootsmann und grient.

„Die wollen unseren schönen Kognak", antworte ich mit schon leicht belegter Zunge. Die hübsche Langhaarige von vorhin kommt zu mir. Sie lächelt mich an, holt sich einen Stuhl und setzt sich dicht neben mich. Erst jetzt nehme ich ihre wohlgeformte Figur wahr. Plötzlich sitzen noch eine Blonde und eine Brünette mit an unserem Tisch. Die Blonde, mit tiefem Ausschnitt, schiebt sich unauffällig neben unseren Koch, legt ihre Hand auf sein Bein und hält ihm schmachtend ein leeres Schnapsglas hin. Ich kann mir einen Lacher nicht verkneifen. Unser Koch ist nämlich schwul.

Die Hübsche neben mir rückt noch näher an mich ran.

„Ich Maruschka", flüstert sie mir ins Ohr. Und „tausend Zloty". Ich schaue ihr in die Augen, die wie die meinen vor Verlangen glänzen und nicke ihr zu.

Ich müsste dann doch gehen, sage ich zu den anderen. Ich hätte eh schon viel zu viel getrunken und erhebe mich, Maruschka an der Hand fassend. Die Freunde winken nur müde zum Abschied.

„Gutes Gelingen", ruft der Jungmatrose.

Draußen winke ich einem Taxi, das wie zufällig vor der Tür parkt. Maruschka ruft dem Fahrer auf Polnisch einige Worte zu, und schon sitzen wir im Fond des Wagens. In einer Plattenbausiedlung vor einem etwa zehnstöckigen Haus ist die Fahrt zu Ende. Bevor wir aussteigen, versuche ich dem Fahrer zu erklären, dass er mich zur vereinbarten Zeit hier abholen soll. Maruschka übersetzt ihm mein Gestammel. Mit dem Fahrstuhl geht es hoch in die achte Etage. Maruschka wirft ihre Arme um meinen Hals und küsst mich innig. Der Fahrstuhl hält direkt vor ihrer kleinen spartanisch eingerichteten Einzimmerwohnung. Ein

Bett, eine Schrankwand mit Fernseher und Radio nehme ich als Erstes wahr. Dazu eine kleine Kochnische mit Tisch und Stühlen. Hinter einer schmalen Tür vermute ich Bad und Toilette. Mehr gibt es nicht. Mitten im Zimmer aber steht ein alter monumentaler Ohrensessel, mit dunkelbraunem Plüsch überzogen. Sofort versinke ich tief in seinem weichen Polster. Die Tür fällt ins Schloss. Maruschka steht vor mir, macht einige tänzelnde Bewegungen und lässt ihren Rock und den engen Slip fallen. Ich springe auf und entledige mich ebenfalls meiner Hose. Ich will sie küssen. Aber Maruschka springt geschickt zur Seite und kniet sich in den alten Sessel. Das ist das Zeichen, denke ich sofort. Mit beiden Händen packe ich zu …

Als ich den Liegeplatz der „Rügen" erreiche, ist noch alles ziemlich ruhig an Bord. Nur ein paar leichte Abgaswolken steigen aus dem Schornstein in den Morgenhimmel. Der erste Maschinist lässt den Hilfsdiesel warmlaufen. Noch vier Stunden bis zum Ablegen. Ich schleiche mich an Bord und tausche schnell meine Uniform gegen Arbeitszeug.

„Mein lieber Scholly", ruft der Maschinist durch den Lärm, als ich kurz danach in den Maschinenraum hinabsteige. „Du bist spät dran. Die anderen sind schon lange wieder zurück. Sei froh, dass alle noch schlafen."

Ich klopfe ihm auf die Schulter und bedanke mich.

„Geh erst mal unter die Dusche. Weißt du, wie du aussiehst?" Er winkt grinsend ab. Auf die paar Minuten kommt es nun auch nicht mehr an, sage ich mir und verschwinde wieder.

Erfrischt komme ich nach zehn Minuten zurück.

Zur festgelegten Zeit legen wir ab. Der Abstand zwischen Hafenkante und Bordwand wird groß und größer und auch der zwischen mir und Maruschka.

Eine Jeans, ein Stereokopfhörer, Schallplatten mit Westmusik und diverse westliche Artikel treten mit mir, als kleiner Trost, die Heimreise an.

Gevatter Ataman

Ein neuer Decksmann soll an Bord kommen. Der kommt im Frühnebel. Gemächlich schreitet er, ja er schreitet, an der Hafenkante entlang. Bootsmann Hein, Ewald, der Maschinist, und ich starren ihm entgegen. Sein Gang hat etwas Feierliches. Auf den ersten Blick könnte man vermuten, dass gleich etwas Unangenehmes passiert.

Die Hosen des Neuen flattern um seine viel zu langen Beine. Unter seiner Jacke, die an eine abgeschossene Krähe erinnert, trägt er ein weißes Hemd. Er hat eine geizige Nase, denke ich, und sein Mund ist so winzig, dass er wahrscheinlich nicht einmal richtig gähnen kann. Aber er lächelt, und das verrät den Schalk in ihm. Der Bootsmann schiebt seine Mütze in die Stirn und sagt mit näselnder Stimme: „Sieh an, da nähert sich Gevatter."

„Fehlt nur noch der Zylinder", sage ich, „und der Bestatter ist perfekt."

„Das ist der Neue", sagt der Bootsmann. „Der reicht für zwei."

„Der bringt nichts Gutes, Leute", ergänzt Ewald.

„Quatsch!", sage ich.

„Tach!", sagt der Neue.

„Ich bin Uwe. Der neue Decksmann. Könnt aber Ataman zu mir sagen. Alle nennen mich so." Wir sehen uns an und schweigen.

„Also Gevatter Ataman", sagt der Bootsmann und schiebt seine Mütze wieder in die Stirn.

„Was? Wie Gevatter?"

„Schon gut, schon gut", sagt Ewald. „Wir sagen hier Gevatter statt Genosse. Komm an Bord!"

Ataman ist aufgenommen. Von da an ist Gevatter Ataman der neue Decksmann.

Am Abend in der Kammer konnte keiner einschlafen. „Sag mal, Ataman, bist du von hier aus dem Nest?", fragt Ewald von seiner Koje aus.

„Ja", sagt Ataman.

„Und du willst bei uns arbeiten?"

„Es scheint so", sagt Ataman.

Nebenan in der Kammer dreschen welche beim Skat ihre Karten auf den Tisch. Gelächter flattert herüber. Aber irgendwie liegt eine feindliche Stille in der dunklen Kammer. Plötzlich sagt Ataman: „Ich will mal raus hier. Mir ist es daheim zu eng."

„Wohl Krach mit deinen Alten?", fragt der Bootsmann.

„Habe keinen."

„Hm", macht der Bootsmann.

„Dann eben mit deiner Alten!"

„Habe keine", wiederholt Ataman. Es schien, dass er nicht so aufs Reden eingestellt war. Aber irgendwie klang sein Ton, als läge er mit Frack, Zylinder und weißen Handschuhen auf der Koje.

„Hm", macht der der Bootsmann ein zweites Mal.

„Und, was hast du gemacht?"

„Tischler."

„Mit Holz haben wir hier wenig zu tun. Vor zwei Jahren hätten wir dich gebraucht. Da hat Ewald hier die ganze Bude zu Bruch gehaun. Überdosis Weinbrand Spezial, verstehst du. Da hättest du sämtliche Teile wieder zusammenkleistern können."

Alle grölen in Erinnerung an den Vorfall.

„Solche Sachen bau ich nicht", antwortet Ataman stoisch.

„Na was denn sonst, Gevatter?", fragt Ewald.

„Särge", sagt Ataman.

Augenblicklich ist es still. Ich springe aus dem Bett und mache Licht. Der Gevatter Ataman liegt nicht in Frack und Zylinder da. Er trägt einen normalen Schlafanzug und lächelt im rechten Mundwinkel.

„Aber du kannst doch nicht einfach…", stottere ich.

„Wieso?", fragt Ataman ruhig.

Ich sehe mich ratsuchend um.

„Aber er kann doch nicht einfach", … stammle ich wieder.

„… und so unter uns! – Hast du dich gewaschen?"

Von nun ab nahm unser Zusammenleben eine andere Richtung.

Am nächsten Morgen. Der Bootsmann hat angeordnet, die Ankerwinde zu kontrollieren. Rost soll entfernt werden, und die Lager der Winsch sind zu fetten. Ataman soll von Beginn an mit dabei sein, weil er die Winsch später bedienen muss.

„Sag mal, Ataman", beginnt Ewald. „Wie viel kostet denn so ein Sarg?"

Ataman sieht Ewald abschätzend an und sagt freundlich: „Na ja, du bist Mittelmaß. Nehmen wir einmal an, du lägst drin, schön bequem ausgestreckt, da kommen gut und gern zweihundert Mark zusammen. Die billigen kriegst du für hundert. Aber die anspruchsvollen liegen bei etwa dreihundert."

Ewald wird grau im Gesicht. Wahrscheinlich ist ihm dieses „schön bequem ausgestreckt" auf den Magen geschlagen.

„Ach was, so viel?"

„Na ja. Die teuren lassen nach", fährt Ataman fort. „Irgendwie haben die Leute eingesehen, dass sie nichts mehr davon haben. Wenn du drin bist, kannst du sowieso nicht mehr an die goldenen Henkel fassen."

„Wenn du drin bist", flüstert Ewald und hat plötzlich eine Gänsehaut.

„Verdammt noch mal!", rufe ich. „Jetzt hört bloß auf mit euren blöden Sarggeschichten." Schweigend arbeiten wir weiter.

Am Abend sitze ich mit den anderen in der Bahnhofsgaststätte. Die ist nur zweihundert Meter vom Hafen entfernt. Drei Striche habe ich schon auf meinem Bierdeckel. Wieder fragt Ewald: „Und was liegt drunter?" Ataman schaut etwas begriffsstutzig: „Ach so! Sägespäne. Aber wie viel, das kommt ganz auf die Leiche drauf an." Ewald greift nach seinem Bierglas und zuckt zurück. „Ganz schön kalt", sagt er. Ich verschlucke mich und muss husten.

„Noch eine Lage, meine Herren?", ruft der Kellner.

„Nein! Zahlen!", rufe ich zurück und knalle mein Portemonnaie auf den Tisch.

„Schluss für heute! Morgen früh laufen wir aus!"

Von da an wurden unsere Besuche in der Bahnhofsgaststätte seltener.

Wendezeiten – Zeitenwende

Heute weiß man: Genau das waren die Sorgenkinder der Parteiführung. Viele Belegschaftsmitglieder, vor allem die „mittleren Führungskader", sind mit der Gründung der I.G.-Farben-Betriebe nach Mitteldeutschland gekommen. Irgendwann zum Ende der 1980er Jahre sagt mein Chef so nebenbei beim obligatorischen Skatspiel in der Mittagspause: „Wenn die Kapitalisten hier wieder herkommen, sind wir unseren Arbeitsplatz los!", und lacht. Ich horche auf. Was sagt der da? Hat der 'ne Meise? Der meint doch nicht etwa die I.G. Farben, denen das Leunawerk bis fünfundvierzig gehört hat? Immer mal wieder hatte mein Chef damit geprahlt, dass er seine Lehrzeit noch zu I.G.-Farben-Zeiten absolviert hat.

Auch diejenigen, die in Leuna beim I.G.-Farben-Konzern ihren Beruf erlernten, fühlen sich noch immer mit I.G. Farben eng verbunden.

Ich nicht. Ich bin ein Ostkind. Ein Kind der DDR. Ich werde in eine Zeit hineingeboren, in der im Osten Deutschlands die Menschen wieder einer Partei nachtaumeln, die sich führende Kraft nennt. Sie glauben wieder den schönen Sprüchen vom Wohlstand für alle und dass nun alles besser werden solle. Nur, es wird nicht der rechte Arm ausgestreckt, sondern die Faust geballt. Arbeiter und Bauern an die Macht, lautet nun die Parole. Knapp 40 Jahre später ist nichts mehr davon übrig.

„Die Kapitalisten verschrotten alles und machen aus dem Werk einen Park", ruft mein Chef hämisch lachend und drischt den Schelln-Ober auf die Tischplatte. Ich schrecke aus meinen Gedanken hoch. Du Spinner, denke ich. Solange hier die SED das Sagen hat, kommt deine I.G. nicht hierher zurück. „Kontra!", ruft ein Mitspieler und grinst. Ich lehne mich zurück und lasse meine Gedanken kreisen.

Mein Leben in der DDR ist wohlbehütet und gut. Ich habe einen sicheren Arbeitsplatz, ein Dach über dem Kopf und einen Trabbi vor der Tür. Einige Quadratmeter Schrebergarten sind meine kleine Oase und sichern mir und meiner Familie frisches Obst und Gemüse. Selbstgemachte Marmelade ist immer im Haus. Kaffee auch. Nicht nur am Wochenende.

Einmal, es war kurz vor Weihnachten, geht das Gerücht um, es gäbe Apfelsinen in einem kleinen Lebensmittelgeschäft am Markt. Bin sofort hin. Als ich ankomme, steht eine Menschenschlange drei Meter vor der Ladentür. Drinnen ist auch alles voll. Immer wenn Leute rauskommen, darf die gleiche Anzahl rein. Nach zwei Stunden habe ich meine zwei Kilo Apfelsinen, mehr gab es nicht pro Haushalt, erstanden. Ein Kilo Rosenkohl habe ich gleich mitgekauft. Der wächst nicht so gut in meinem Garten. Zweimal im Jahr fahren wir in den Urlaub. Im Sommer steht uns, dank einstiger Arbeitskollegen, eine kleine spartanisch eingerichtete Ferienwohnung an der Ostsee zur Verfügung. Selbstverpflegung inklusive. Bis zum Strand sind es elf Kilometer. Mit dem Trabbi ist das kein Problem. Hin und wieder bekommen meine Bekannten ein seifig duftendes Päckchen von drüben. Ein Westpaket, sagen wir schnöde. Mit Schokolade, Jacobs Kaffee und Strumpfhosen. Manchmal geben sie uns davon etwas ab. Wir haben also, was man zum Leben in der DDR braucht. Außer Westverwandtschaft. Die haben wir zu meinem Ärger nicht. Aber sonst geht es uns gut.

Die lärmenden Skatspieler reißen mich aus meinen Gedanken wieder hin zu den Worten meines Chefs. Unverständlich schüttele ich den Kopf. Dass gerade der das sagt, wundere ich mich. Dem geht es doch nicht schlecht hier.

Dieser ach so treue Parteiarbeiter soll seine Gedanken mal lieber für sich behalten. Ich frage mich, wie so einer keinen Hehl daraus macht, dass die DDR bald untergeht, obwohl er doch selbst ein Teil dieser Partei ist, die sich als führende Kraft sieht. Andererseits aber beginnt es in der DDR langsam zu brodeln. Dass dieser führende Machtblock einmal auseinanderfallen könnte, glaubt da noch keiner. Auch ich nicht. Obwohl sich beim genaueren Betrachten erste Risse zeigen. Und doch ist es so gekommen.

Es ist ein Montag im Oktober (oder war es schon Anfang November?) 1989. Genau weiß ich es nicht mehr. Jedenfalls habe ich Freischicht, und die Gelegenheit, nach Leipzig zu fahren, kann nicht günstiger sein. In Leipzig tue sich etwas, wird gemunkelt. Worte wie Nikolaikirche und Demo im Stadtzentrum machen die Runde. Ich bin neugierig und will mir unbedingt ansehen, was da passiert. Ein leichtes Angstgefühl breitet sich in mir aus, denn von Zusammenstößen mit der Polizei wird ebenfalls berichtet. Bereits am Nachmittag mache ich mich auf den Weg. Sicherheitshalber parke ich meinen „Trabbi", aus Angst vor einer Polizeisperre im Stadtteil Grünau. Weit ab vom Stadtzentrum. Die Straßenbahn bringt mich weiter bis zum Hauptbahnhof, und von dort ist das kurze Stück bis zur Nikolaikirche schnell zu Fuß zu erreichen. Auf dem Platz vor der Kirche ist alles ruhig. So wie ich das von vergangenen

Besuchen in Leipzig kenne. Nur hier und da stehen einige Polizisten. Sonst nichts. Enttäuscht gehe ich in eines der großen Kaufhäuser. Nach einer reichlichen Stunde stehe ich wieder auf dem Platz vor der Kirche. Etwas ängstlich beobachte ich die Umgebung und tue so, als mache ich einen Schaufensterbummel. Außer den Polizisten sind jetzt noch ein paar Herren zu erkennen, die sich irgendwie von den anderen Menschen unterschieden. Sei es in ihrer Kleidung oder ihrem Verhalten. Die sind irgendwie anders, denke ich. Langsam wird es Abend. Als es langsam dunkel wird, beginnt sich, erst zögerlich, dann immer schneller, der Platz mit Menschen zu füllen. Von allen Seiten, aus den angrenzenden Straßen kommen sie. Je mehr es werden, umso mehr demonstrieren sie ihr Selbstbewusstsein. Unruhe breitet sich in mir aus. Plötzlich erschallt ein lautes „Aah!", und alle schauen in eine Richtung. In einem Fenster gegenüber der Nikolaikirche hat jemand eine Kerze entzündet. Es wird lauter. Ist das ein Zeichen, denke ich? Ja, das ist es! Denn plötzlich beginnen in anderen Fenstern weitere Kerzen zu leuchten. Erst zwei, dann drei, dann immer mehr. Bis sie nicht mehr zu zählen sind. Und mit einem Mal ist der Platz vor der Nikolaikirche voller Menschen. Am Eingang entsteht Gedränge. Ich versuche erst gar nicht reinzukommen. Sprechchöre sind von dort zu hören. Erst verhalten, dann immer lauter. „Wir sind das Volk!", höre ich es rufen. Dazu rhythmisches Händeklatschen. Schnell breiten sich die Sprechchöre aus. Immer mehr Menschen fallen ein und immer lauter wird gerufen. „Rei-se-frei-heit, Rei-se-frei-heit", ertönt es jetzt aus Tausenden Kehlen. Ich stehe mittendrin, und mein Mund bewegt sich wie von selbst. Wenn das wahr wird, denke ich. In den Westen fahren. Ohne entfernte Verwandte in Hamburg oder München zu haben. Einfach so. Mich beschleicht ein Gefühl, das ich bisher nicht kannte. Es fühlt sich an wie eine Mischung aus Angst, Freude und Stolz. Nach und nach schwindet meine Angst. Ich fühle Freude und Stolz und begreife allmählich, dass hier eine neue Zeit eingeläutet wird. Hier wird gerade Geschichte geschrieben, und ich bin mittendrin. Darf man sich da nicht freuen und stolz sein?

Gefangen von der Situation, höre ich gar nicht, was die Menschen jetzt rufen. „Wir sind ein Volk!", rufen jetzt die Massen im Chor. Und wieder: „Wir sind ein Volk!" Moment mal, denke ich! Was passiert denn jetzt? Wohin soll denn die Reise gehen? Ist das der Anfang vom Ende der DDR, frage ich mich.

Zeit zum Nachdenken habe ich nicht. Die Menschenmassen setzen sich in Bewegung und formieren sich zum Demonstrationszug. Ich stehe mittendrin und werde einfach mitgerissen. Erst langsam noch dicht gedrängt und zögerlich, dann immer fester auftretend, schreiten wir über Leipzigs Straßen. Vom Innenstadtring, vorbei am Opernhaus, zum Hauptbahnhof, dem großen Kaufhaus mit der Blechfassade und weiter bis zum Hauptgebäude der Staatssicherheit führt der Weg der Demonstranten. „Stasi in den Tagebau!", brüllen die Massen und strecken rhythmisch ihre Fäuste in den Leipziger Abendhimmel. Da wird mir bewusst, diese Menschen kann keiner mehr aufhalten. Das ist die Revolution. Die Polizei, die die Demonstration verhindern sollte, beschränkt sich nur noch auf deren Absicherung, und von den verdächtig gekleideten Herren ist nichts mehr zu sehen. Immer wieder erschallen Sprechchöre. „Deutschland einig Vaterland", wird jetzt gerufen. Da habe ich begriffen, wohin die Reise gehen wird.

Von hier aus ist es nicht weit zurück bis Grünau, überlege ich, und irgendwo wird schon eine Straßenbahn fahren. Zu Fuß mache ich mich auf den Weg. Nach etwa einem Kilometer sehe ich Leute an einer Haltestelle stehen. „Die nächste Bahn Richtung Grünau?" „Die is grade weg", sagt ein Herr mit Baskenmütze. „In zwanch Minuden kommt de Nächsde." Gott sei Dank! Vier Haltestellen weiter steige ich aus. Mein Trabbi steht noch an der gleichen Stelle. Es geht schon auf 22 Uhr zu. Wird Zeit, denke ich. Um vier Uhr klingelt der Wecker zur Tagschicht. Besser, wenn ich vorerst niemanden von meinem Trip nach Leipzig erzähle, überlege ich. Am Ende kostet es mich meine Stelle als Schichtarbeiter.

Am 10. November 1989 geht wieder ein Gerücht um. DDR-Bürger dürften in den Westen reisen, hätte einer im Fernsehen gesagt. Habe zu Hause gleich die Glotze eingeschaltet. Eine Pressekonferenz wird übertragen: Herr Schabowski verkündet im Nebensatz die Grenzöffnung. Ich stehe vor der Kiste wie eine erstarrte Salzsäule. Bin dann erst mal zu meiner Frau, die in einem kleinen Laden gleich um die Ecke arbeitet, um ihr die Botschaft zu überbringen. Die hat eine Schwester in einem Vorort von Berlin und wusste schon Bescheid. Ich solle schon mal zur Polizeidienststelle und die Ausweise für den Grenzübertritt stempeln lassen, sagt sie. Als ich dort ankomme, steht natürlich eine Menschenschlange vor der Tür. Es wird gelacht, gescherzt und diskutiert. Und wie beim Apfelsinenkauf: Kommt einer raus, darf der nächste rein. Die Rauskommer heben dann jedes Mal jubelnd ihren Ausweis hoch, und alle jubeln mit. Nur schleppend geht es vorwärts. Viele haben die Ausweise von Verwandten und Bekannten dabei. Als ich endlich mit meinen gestempelten Ausweisen das muffige Büro verlasse und draußen vor der Tür stehe, ist es Abend und schon dunkel. Zu Hause läuft der Fernseher. Menschen die scharenweise über die

Grenze nach Westberlin strömen werden gezeigt. Immer wieder und immer wieder. Meine Frau hat schon ein paar Sachen zusammengepackt, und der Trabbi ist abfahrbereit. Keine Stunde später sind wir auf dem Weg nach Berlin. Auf der Autobahn herrscht reger Verkehr. Dicht an dicht rollen die Autos gen Norden. Je näher wir Berlin kommen, umso dichter wird der Verkehr. Auf dem Berliner Ring wird es knüppeldick. Nur langsam kommen wir voran. Nach über drei Stunden Fahrt sind wir am Ziel. Der Trabbi hat Gott sei Dank und guter Pflege durchgehalten. Die Verwandten erwarten uns schon sehnsüchtig. Auch hier läuft der Fernseher im Dauereinsatz. Diesmal sind aber andere Bilder zusehen. Ein Westsender zeigt jubelnde und glückliche Menschen, die über die Grenzübergangsstelle Bornholmer Straße nach Westberlin strömen. Viele haben Tränen in den Augen vor Freude. Wir stoßen mit einem Glas Sekt an und erfreuen uns an den Fernsehbildern. Kaum dass wir den nächsten Tag erwarten können.

Endlich ist es Morgen. Nach dem Frühstück machen wir uns auf den Weg in den Westen. Die S-Bahn ist das Verkehrsmittel der Wahl. „Mit dem Auto kommen wir nicht durch", sagt der Schwager. Grenzübergang Sonnenallee sei günstig. Der sei noch nicht so überlaufen. Es war schon gegen 9.00 Uhr, als wir am Grenzübergang in der Sonnenallee ankamen. Der Strom Menschen machte es unmöglich, einen anderen Weg zu gehen. Autos kamen nicht mehr vorwärts, und die Pässe wurden kaum noch kontrolliert. Von wegen nicht so überlaufen. Das war ein Fall von denkste. Es ging nur schleppend weiter. Endlich waren wir vorn. Mein Schwager bleibt stehen und nestelt umständlich sein Taschentuch hervor. Dann macht er einen großen Schritt über die Linie auf der Straße und atmet tief und hörbar aus. „Ick habe erlebt, wie die Mauer jebaut wurde", sagt er und wischt sich die Tränen aus den Augen. „Nie habe ick jedacht, dass ick deren Sturz noch erleben darf." Vielen um uns herum geht es ebenso. Immer wieder sieht man Freudentränen auf den Gesichtern. Noch ein tiefer Seufzer, und dann schreiten wir in eine neue unbekannte Welt.

Wechselstube – Begrüßungsgeld. Mehrere Stunden stehen wir im dichten Gedränge. Es wir bedrohlich eng. Ein Polizist muss für Ordnung sorgen, weiß aber nicht wie. Sicher hat er keine Ahnung mit Schlange stehenden DDR-Menschen. Endlich holt er rot-weißes Absperrband und leitet die ungeduldig Wartenden in geordnete Bahnen. Langsam bekomme ich Hunger. Ein LKW hält neben den Menschen. „Sarotti" steht in großen bunten Buchstaben an der Ladepritsche. Ein als „Sarottimohr" Verkleideter verteilt Schokolade der gleichnamigen Firma. Viele strömen sofort hin. Manche wollen gar die Ladepritsche erklimmen. Jetzt wirft er nur noch die Schokolade wahllos in die Menge. Die Menschen kreischen, und genervt fährt der LKW davon. Eine Tafel konnte ich dank meiner Fangkünste ergattern. Das stillt erst mal den ersten Hunger. Der Preis dafür ist ein Riss an meinem Mantel.

Nach drei Stunden halte ich das Begrüßungsgeld in meinen Händen. Die fünfzig Mark, die jeder erhält, sind ein kleiner Schatz für uns. Aber was stellen wir damit an? Unsere Verwandten steuern direkt den nächsten Laden an. Wir werden sie erst heute Abend wiedersehen. Meine Frau und ich schlendern weiter die überfüllte Sonnenallee hinauf. Sehen hierhin und dorthin und kommen aus dem Staunen nicht heraus. Zwischendurch essen wir eine Currywurst und kaufen bei einem türkischen Ladenbesitzer etwas Obst und Gemüse, das es bei uns noch nicht gibt. Schließlich ist Wochenende. Irgendwann geht es wieder

Richtung Osten über die offene Grenze. Ein einzelner Grenzposten steht abseits und beobachtet das Treiben. Ausweiskontrolle – Fehlanzeige! Noch am selben Abend fahren wir wieder nach Hause. Wieder rollen massenhaft Trabbi, Wartburg und Co. über die Autobahn. Trotzdem, ich bin irgendwie erleichtert. In Niemegk an der Autobahntankstelle müssen wir tanken. An den Zapfsäulen geht es eng zu. Wir genehmigen uns jeder einen Riegel „Balisto" aus dem türkischen Laden und fahren danach entspannt weiter. Es war ein wunderbarer Tag. Ein Wendepunkt für mich und viele andere Menschen. Jetzt beginnen sich die Menschen die Freiheiten herauszunehmen, die man ihnen viele Jahre vorenthalten hat.

Alles ist so eingetreten, wie mein Chef es damals gesagt hat. Die Kapitalisten sind wiedergekommen, und aus den zwei deutschen Staaten wurde ein Deutschland. Heute denke ich manchmal noch an sein Gerede.

Das Weihnachtsessen

„Sagt mal, was wollen wir dieses Jahr eigentlich zu Weihnachten essen?" Diese bedeutungsschwere Frage löst wohl in jeder Familie vor Weihnachten lange Diskussionen aus.

Vor einigen Jahren richtete meine Frau genau diese Frage an unseren damals erst fünfzehnjährigen Sohn. Der hatte sich irgendwie seit einiger Zeit verändert, und auch mit dem Essen war er sehr mäkelig geworden. Sicher ist sicher, dachte sie sich, weil sie wahrscheinlich nicht riskieren wollte, dass er am heiligen Fest ein langes Gesicht macht. Gans, Ente, Wildschwein, Hase, Rehrücken schlug sie ihm vor. Aber nichts war ihm recht. Andererseits wiederum hatten wir mit Freude sein Interesse am Kochen zur Kenntnis genommen. Das hatte er sich vermutlich durch den Kochunterricht in der Schule erworben. Stolz erzählte er uns manchmal, welche komplizierten und doch sehr schmackhaften Gerichte er dort schon gekocht hatte. Jedes Mal waren wir schwer beeindruckt.

„Wenn dir das alles nicht passt, was ich kochen will, wie wäre es, wenn du kochst?", sagte damals meine Frau leicht verärgert zu ihm. Sie wusste aber auch, dass das ein sehr abenteuerlicher Vorschlag war. „Warum eigentlich nicht?", meinte unser Filius nach einigem Überlegen und fügte im Brustton der Überzeugung hinzu, man lerne schließlich kochen nur durch kochen. Wie auch immer, meine Frau ließ sich auf den Deal ein, obwohl sie das sogleich bereute. Im Geist stellte sie sich nämlich vor, wie ihre Küche aufs Wildeste verwüstet wird. Stapelweise verschmutzte Töpfe, Pfannen und Schüsseln. Küchenabfälle auf Schritt und Tritt. Noch dazu am Weihnachtsfeiertag.

„Papa, weißt du schon, dass ich dieses Jahr zu Weihnachten koche?", empfing mich mein Sohn, als ich abends von der Arbeit nach Hause kam. Darüber erstaunt, brachte ich zunächst kein Wort aus meinem väterlichen Mund. Eine Minute brauchte ich, um mich zu besinnen.

„Nie im Leben, das erlaubt Mama nie!"

„Doch, kannst sie fragen. Ich darf kochen!"

„Nee, glaub ich nicht", entgegnete ich wieder.

„Doch! Jawohl!", hielt er trotzig dagegen.

„Du und kochen? Du maulst doch schon, wenn du bloß mal das Frühstück machen sollst. Dann koche ich schon lieber selbst." Das war mein letztes Wort.

Nachdenklich legte unser Sohn seinen Kopf schief. Jetzt stellte er sich wohl seinen Erzeuger vor, wie der ein weihnachtliches Menü zubereiten würde.

„Mensch, Papa, du kannst doch gar nicht kochen", rief er zweifelnd.

„Ha, was glaubst du denn, was ich alles kann", antwortete ich gekränkt, „ich werde es dir beweisen", drehte mich um und ging meiner Wege. Mein Sohn hingegen war nun wahrscheinlich doch froh, dass er nicht dafür büßen musste, dass er seinen Mund zu voll genommen hatte. Ihm kamen nämlich leise Zweifel wegen des Bewältigens dieser Aufgabe. Aber wenn Papa das machen würde ... umso besser. Danach sprach niemand mehr vom Weihnachtsessen.

Es begab sich aber in jenem Jahr, dass nach dem turbulenten Fest des Heiligen Abends in einer kleinen Familie in Deutschland alle drei Familienmitglieder sich etwas ratlos ansahen. Denn nach dem Frühstück und den vormittäglichen Verwandtschaftsbesuchen stellte sich bei allen ein leichtes Hungergefühl ein. Ein jeglicher wartete, dass der andere kochen möge. Jeder hatte sich auf den anderen verlassen. Nun waren wir alle verlassen.

Was es bei uns nun zu essen gab, wollen Sie wissen?

Wissen Sie, Spaghetti schmecken eigentlich auch zu Weihnachten.

Die gerettete
Weihnachtsbescherung

Weihnachten ist das Fest des Friedens und der Freude. Das Fest der Geschenke und der glänzenden Kinderaugen. Weihnachten das Fest der Stille und Besinnung.

Erst zwei Tage vor dem hochheiligen Fest stellte sich die Ruhe ein und ließ den Stress des vergangenen Jahres wie eine harte Schale aufbrechen und von mir abfallen. Die Geschenke für die Kinder waren festlich verpackt und das Festessen servierfertig. Der Weihnachtsmann, unser Sohn Christopher hatte sich bereit erklärt diese Rolle zu übernehmen, stand schon in den Startlöchern, und die Plätze im Restaurant waren für den ersten Feiertag ebenfalls bestellt. Getrost konnten wir unsere Checkliste abhaken. Moritz, unser dreijähriger und bis dato noch einziger Enkel, rief jeden zweiten Tag bei uns an: „Opa, hat du den Weihnermann schon desehen?" „Nein, mein Guter", tröstete ich ihn jedes Mal. „Sade", und wurde dann immer traurig. „Er kommt aber ganz bestimmt." Ich gab alles, um ihn aufzuheitern. Na ja, mochte er denken, wenn Opa das verspricht, dann kommt er ganz bestimmt.

Aber dann brach das Unheil über uns herein. Am Abend des Tages rief Juliane, die Mutti von Moritz, an und teilte uns mit, dass Moritz krank sei. Auch Fieber hatte sich eingestellt. Sie sei heut Morgen schon mit Moritz beim Arzt gewesen, und der hatte erst mal Arznei verschrieben. Aus dem Hintergrund war eine leise Stimme zu hören:

„Mama, ist das Oma?" Schon streckte der Kleine seine Hand nach dem Telefonhörer aus. „Du, Oma, ich bin krank. Kommt da der Weihnachtsmann auch?" „Na klar, meiner", tröstete die Oma, nicht wissend, was für eine Welle nun auf uns zukam. „Ich rufe gleich mal beim Weihnachtsmann an und frage, ob er deine Geschenke auch eingepackt hat. Okay?" „Ja!", sagte Moritz ganz traurig. Vorsichtshalber riefen wir bei Christopher, dem Weihnachtsmanndouble, an. Der druckste erst eine Weile rum, wir ahnten nichts Gutes, und sagte dann resolut: „Ellen ist auch krank. Ich komme allein!" Ellen ist seit einem Jahr seine Frau und hatte sich ein böses Virus mit Husten und Schnupfen eingefangen. Wir verstanden, dass sie unter diesen Umständen lieber zu Hause bleiben wollte. Welche Umstände das waren, verriet er nicht. „Und der Weihnachtsmann?", fragten wir vorsichtig. „Jaaa, der Weihnachtsmann kommt in jedem Fall", versicherte er uns hoch und heilig.

Am darauffolgenden Tag erreicht uns die nächste Hiobsbotschaft. Wieder war es ein Anruf von Juliane. „Wir waren heute nochmals beim Arzt", erzählte sie ganz aufgeregt. „Moritz hat Scharlach!" Was sie denn nun machen soll. Es sei doch Weihnachten, und der Moritz wartet sehnsüchtig auf den Weihnachtsmann und, und, und … Ihre Stimme wurde hektisch und begann sich zu überschlagen. „Mache dir keine Sorgen", beruhigten wir sie. „Irgendwie bringt der Weihnachtsmann schon die Geschenke." Moritz machte wirklich keine gute Figur. In eine warme Decke gehüllt saß er traurig auf Mamas Schoß. Er hustete und schniefte und klammerte sich hilfesuchend fest an Mama. Wir schmiedeten einen Plan, wie der Heilige Abend verlaufen sollte. Wir einigten uns auf die Formel „kurz und knapp plus schön". So gingen wir auseinander.

Ein neuer Tag und neue Sorgen. Wir riefen nochmals beim Weihnachtsmann an und berichteten von den Ereignissen des gestrigen Tages. „Wartet mal einen Moment!" Es knarrte und rauschte im Telefonhörer, und nach einer Minute sagte Christopher: „Als wenn das so ist, und unter diesen Umständen kann ich auch nicht kommen." „Welche Umstände?", fragten wir. „Na ja, wie soll ich sagen." Wieder begann Christopher rumzudrucksen. „Eigentlich wollten wir euch erst am Weihnachtsabend damit überraschen." „Welche Überraschung?" Wir wurden ungeduldig. „Na ja, ihr werdet nochmals Oma und Opa." Es schien uns, als würde unserem Sohn ein ganzer Sack voll Steine vom Herzen fallen. Endlich war es raus „Na das ist doch mal 'ne schöne Nachricht", rutschte es nach einer gefühlten Ewigkeit aus mir heraus. „Nun haben wir Angst, uns anzustecken", ergänzte er kleinlaut. Jetzt begriffen wir endlich. Natürlich verstanden wir seine Sorgen, verabschiedeten uns und begannen sogleich einen neuen Plan zu schmieden. Und wie das meist so ist, der Opa wird's schon richten.

Was nun? Also Opa, dein Rat ist gefragt, grübelte ich. Weihnachten ohne Geschenke geht gar nicht. „Ich werde der Weihnachtsmann sein", teilte ich meiner Frau mit. „Du!", lachte meine Frau. „Das merkt doch der Kleine." Ich aber lächelte geheimnisvoll zurück. Beim Mittagessen erläuterte ich ihr meinen Plan. „Natürlich kann ich nicht der Weihnachtsmann sein, aber der Vertreter. Der Geschenkeüberbringer sozusagen." Letztendlich ließ sie sich überzeugen. Was blieb ihr auch weiter übrig. Sie musste meinen Plan ihrer Tochter weiterübermitteln. Um es vorwegzunehmen, es hat funktioniert. „Wo bleibt denn der Weihnachtsmann", quengelte Moritz schon den ganzen Nachmittag. Bis zum Abend. Immer wieder schaute er aus dem Fenster. Endlich! Als es an diesem hochheiligen Tag schon dunkelte und überall in den Wohnungen die Weihnachtskerzen angezündet wurden, starteten wir unser Vorhaben. Alle Geschenke hatten wir beisammen. Dazu einen großen Jutesack, in dem wir alles verstauten.

Uff! Ich holte noch einmal tief Luft, ehe meine Frau an der Haustür des vierstöckigen Hauses den Klingelknopf drückte. Freudig und erschreckt sah der kränkliche, immer trauriger werdende kleine Moritz seine Eltern an, als es an der Wohnungstür klingelte. „Weihnachtsmann, Weihnachtsmann, ich komme!", rief er und flitzte zur Tür. Aber da stand kein Weihnachtsmann. Stattdessen rief vier Etagen tiefer der Opa: „Moritz, komm bitte mal runter. Du musst mir helfen." „Ich komme", rief er zurück! „Erst Schuhe anziehen, alter Freund!", erscholl jetzt Papas laute Stimme. Nach kurzer Zeit hörte ich den Kleinen die Stufen abwärts tapsen. An seiner Nase hingen zwei große Tropfen, über die er immer wieder wie eine Kuh mit seiner Zunge bleckte.

„Wo ist der Weihnachtsmann, Opa?", fragte er mich erstaunt und sah auch Oma fragend an. „Also pass mal auf", begann ich meine Geschichte. „Der ist auch so krank wie du", rief die Oma schulterhebend dazwischen. „Leider!"

„Bekomme ich da keine Geschenke", brabbelte er. Schon machte er wieder ein trauriges Gesicht. „Doch, doch! Er ist aber noch schwach und musste noch mal zum Onkel Doktor. Aber zufällig haben wir ihn hier getroffen. Er hat sich sehr gefreut und uns gebeten, die Geschenke zu überbringen." Sogleich hellte sich die Miene des kranken Moritz auf. „Ich auch helfen, ich auch helfen", und begann schlagartig rumzuzappeln.

„Na dann" sagte ich. „Der muss da hoch." Und zeigte zuerst auf den Sack und dann auf die Wohnung in der obersten Etage. „Schaffen wir das?" „Klar, Opa!" Überzeugter konnte er das nicht sagen. Also packten wir den Weihnachtsgeschenkesack, der nebenbei gesagt wirklich nicht leicht war, und begannen den Stufe für Stufe nach oben zu tragen. Moritz vorn, ich hinten. Die Oma passte in der Mitte auf. Und wie sich der Kleine anstrengte. Bald hing die Zunge wieder aus seinem Mund und an seiner Nase zwei große Tropfen, über die er wie vorher mit seiner Zunge bleckte.

„Na, was wird denn das?" Zwei ältere Herrschaften aus der Wohnung darunter begegneten uns. „Ich helfe dem Weihnachtsmann", bekamen sie prompt zur Antwort. „Wie jetzt, was?", fragten sie unverständlich. „Der Weihnachtsmann ist krank und kann selbst nicht kommen", ergänzte gewichtig die Oma. „Ach so ist das?" Die Nachbarn staunten.

„Ja, der wollte noch mal zum Onkel Doktor. Er braucht noch Arznei."

„Natürlich! Sonst wird er ja nicht gesund. Dem geht es wie dir. Medizin muss sein."

Moritz wurde ungeduldig. Die Verlockung, endlich den Sack mit den Geschenken zu öffnen, wurde größer. Endlich hatten wir es geschafft. Der Geschenkesack stand in der Wohnung. Das letzte Stück, mehr über den Boden gezogen als getragen. Hoffentlich ist alles heil geblieben? Was da wohl alles drin war? Schweißtropfen bildeten sich auf meinem Rücken. Nicht an der Nase. Ich sagte aber nichts. Mein Weihnachtsgeschenk war schließlich auch mit dabei.

Sogleich wollte Moritz den Sack auspacken. „Haaalt!", rief ich. „Erst das Weihnachtsgedicht. Der Weihnachts-

mann hat mich extra dran erinnert. Opa, pass auf, dass der
Moritz ein Gedicht aufsagt oder ein Weihnachtslied singt",
hat er zu mir gesagt. „Hm, ganz genau", ergänzte Papa mit
finsterem Blick.

Also holte Moritz tief Luft, schniefte durch die Nase
und begann: „Liebe gute Weihnermann", ... den Rest können wir uns ersparen.

Jedenfalls hatten wir große Mühe, nicht laut loszula-
chen. Dann endlich konnte es losgehen. Das Geschenke-
auspacken. Und wie es so ist. Opas Geschenk lag zufällig,
oder auch nicht, oben auf. Alle lachten und freuten sich.
Am Weihnachtsbaum leuchteten die Kerzen, und aus der
Küche drang das Geräusch von Geschirrklappern. Endlich
war Weihnachten.

Mitternächtliche Weihnacht

Es ist Weihnachten. Seit zwei Tagen hat der Winter sein frostiges Tuch über das Land gebreitet. Die Menschen schauen zum Himmel. Wird es Schnee geben, fragen sie sich? „Bitte sei mal still", sage ich dann jedes Mal zu meiner Frau, wenn der Wetterbericht angesagt wird. Am liebsten würde ich meinen Kopf ins Radio stecken, um kein Wort zu überhören. Schnee oder nicht Schnee. Die Radioleute halten sich bedeckt. Dabei sehnen viele Menschen eine weiße Weihnacht herbei. Weihnacht ohne Schnee ist unromantisch, finde ich. Aber seit heute Morgen ist es Gewissheit. Es schneit. Gevatter Frost treibt dunkle Wolken vor sich her. Kräftiger Wind aus dem Norden wirbelt die Schneeflocken durch Straßen und Gassen. Bis zum Abend, dem Heiligen Abend, wird alles unter einer weißen Decke verschwunden sein. Endlich weiße Weihnacht. Wie an jedem Heiligen Abend wollen wir auch heute wieder in die Kirche zur Mitternachtsmesse gehen. Seit einigen Jahren hat sich das bei uns so eingebürgert. Pünktlich machen wir uns auf den Weg. Noch immer schneit es. Warum gehen wir am Heiligen Abend in die Kirche? Warum gehen überhaupt Menschen zu dieser Zeit in die Kirche? Ich versuche, Antworten darauf zu finden.

Vor uns läuft eine dreiköpfige Familie. Sie und er haben den Mantelkragen hochgeschlagen, um sich vor den wild tanzenden Schneeflocken zu schützen. Ihr zirka vierzehnjähriger Filius trottet scheinbar lustlos hinterher. Die

Mütze tief in die Stirn gezogen, und seine Hände hat er in den Ärmeln seines Anoraks versteckt. Was mag den jungen Mann wohl bewogen haben, mit seinen Eltern die Mitternachtsmesse zu besuchen? Wahrscheinlich wäre er lieber mit seinen Freunden zusammen. Ich stelle mir vor, ich wäre ein Reporter und hätte ihn gefragt: Warum gehst du Weihnachten noch in die Mette? Was hätte er wohl geantwortet? Ich versuche, mich in seine Gedankenwelt zu versetzen. „Ach wissen Sie, von Kindesbeinen an geht das schon so. Erst musste ich als Kind zum Krippenspiel und nun zur Mitternachtsmesse. Es ist ätzend! Meine Kumpel lachen schon über mich." Das kann ich mir denken. Wahrscheinlich hätten sie den größten Krach daheim. Der Hausfrieden wäre total gestört, wenn er nicht mitgegangen wäre. Das ganze Weihnachtsfest wäre im Eimer. Und weiter: „Seit Wochen liegt Mutter mir in den Ohren. Komm, Junge, tu uns den Gefallen. Komm wenigstens zu Weihnachten mit in die Mette! Also gehe ich eben mit." Wie zur Bestätigung meiner Gedanken dreht sich die Mutter um und wartet, bis er bei ihr ist. Sie lächelt ihn an, hakt sich bei ihm unter, und sie gehen schweigend weiter. Jetzt weiß ich, warum er hier ist.

Meine Frau und ich stapfen weiter durch den Schnee zur Kirche. Wenn das so weiter schneit, wird der Nachhauseweg schwer, mutmaße ich. Das Auto wird zugeschneit sein. Sicher denkt auch der Herr Pfarrer an seine Schäfchen, der uns an der Pforte begrüßt. Ob sie wohl alle kommen? Auch sein Blick wandert immer wieder zum Himmel. Mit einem lauten „Frohe Weihnacht!" betreten wir die Kirche. Stummes Kopfnicken und vielstimmiges Gebrummel bekommen wir zur Antwort. Viele Bänke sind schon besetzt.

In einer Bankreihe sitzt ein Bekannter aus meinem Dorf mit seiner Frau. Ich bin erstaunt, ihn hier zu treffen. Was mag den wohl hierher verschlagen haben, frage ich mich? „Frohe Weihnacht", begrüße ich beide. Überrascht schaut er mich an und lächelt. Seine Frau nickt nur stumm mit dem Kopf. Wir setzen uns zu ihnen. Nach einigen Sekunden des Innehaltens frage ich ihn: „Dich hätte ich hier nicht erwartet." Er lächelt mir zu, winkt nichtssagend mit der Hand und vertieft sich wieder in seine Gedanken. Nach einer Minute des Schweigens sprudelt es aus ihm heraus: „Ach, weißt du: Wochenlang höre ich jetzt schon dieses Liedergesumse. Dieses Potpourri von ‚Leise rieselt der Schnee' über ‚Jingle Bells' bis ‚Stille Nacht'. Ich kann diesen süßlichen Kitsch nicht mehr hören." Pause. Langsam nehme ich seine Worte in mich auf. Und nach einer Weile: „Ich habe jetzt vier Weihnachtsfeiern hinter mir. Im Sportverein. Von der Arbeit. Vom Enkel in der Schule und der Kleinen im Kindergarten. Die einen reden frömmer als die Pfarrer. Die anderen machen die reinsten Faschingsveranstaltungen draus. Mir reicht es." „Heute Abend möchten wir wenigstens eine Stunde Ernsthaftigkeit", ergänzt seine Frau. Verstehend nicke ich. Ich glaube, ich kann sie verstehen, denke ich insgeheim. Sie suchen Abwechslung und Entspannung in der Kirche. Nicht bei Gott, denn gläubig sind sie nicht.

Seit einigen Jahren, genauer gesagt, seit ich meine schlimme Krankheit überwunden habe, ist der Gang in die Kirche zur Christmette bei uns zur Tradition geworden. „Ich will einmal im Jahr dem lieben Gott danke sagen. Dafür, dass ich noch lebe", hatte ich mal zu meiner Frau gesagt. Seitdem geht das so. Nicht dass ich seitdem ein gläubiger Mensch geworden bin. Nein! Im Kampf gegen den Krebs habe ich mich oft nach meinem Glauben zu Gott befragt. Vielleicht gibt es ihn doch? Den Herrn im Himmel. Den Lebenslenker, den Hilfe-in-der-Not-Anbieter. Deshalb bin ich hier in der Kirche. Auch um Antworten zu finden, will ich wissen, was der Herr Pfarrer, als Vertreter Gottes auf Erden, uns Menschen und mir zu sagen hat. Ich sauge seine Worte förmlich in mich hinein. Auf der Suche nach meinem Glauben. Gleichzeitig geht es mir auch wie den Bekannten aus meinem Dorf. Ich suche Abwechslung und Entspannung. Hier in der Kirche finde ich sie.

Auf dem Rückweg läuft vor uns eine ältere Dame. Ihr Gang ist unsicher, weil der Weg glatt ist. „Kommen Sie, haken Sie uns unter. Sonst stürzen Sie noch", sage ich spontan zu ihr. „Ach, das ist aber nett", antwortet sie freudig und lächelt uns dankbar an. „Wie weit müssen Sie noch?"

„Die nächste Straße links rein. Dann noch hundert Meter." Wir müssen langsam gehen. Auch weil es noch immer schneit. Deshalb nutze ich die Gelegenheit, sie nach dem Warum ihres Kirchenbesuches zu fragen. „Ach, was soll ich am Heiligen Abend allein daheim? Mein Mann ist vor zwei Jahren gestorben, und meine Kinder wohnen schon lange nicht mehr hier. Die haben eine eigene Familie. Das Haus will ich auch nicht aufgeben." Dann erzählt sie von ihrer Großen, die seit dem Studium in Hamburg wohnt. Seit einigen Jahren betreibe sie dort eine Zahnarztpraxis, und ihrer Familie ginge es gut. Heute Morgen hätten sie miteinander telefoniert. Ihre Enkelin hat inzwischen selbst schon eine Tochter. Das freue sie, weil sie nun eine Uroma ist. Obwohl sie sich noch gar nicht so alt fühlt, ergänzt sie lachend. „Der Jüngere ist bodenständig geblieben", erzählt sie weiter. Er wohne nicht so weit weg und hätte einen ehrbaren Handwerksberuf gelernt. „Er kommt mich öfter mit seiner Familie besuchen." Für morgen hätte er sie zum Weihnachtsessen eingeladen.

„Na ja, und der heutige Abend? Der ist lang genug. Bis da die Zeit vergeht, komme ich mir noch verlorener vor als sonst. Da stehen mir nur die Gesichter vor Augen von denen, die nicht mehr da sind. Oder ich denk' an die schöne Zeit, als die Kinder noch klein waren. Da könnt' ich heulen. Deswegen gehe ich lieber in die Kirche. Und der Herr Pfarrer ist auch sehr nett. Ich freue mich immer auf die Stunde in der Kirche. Da bin ich wenigstens unter Leuten – und kann die Weihnachtslieder mitsingen."

Am Hoftor verabschieden wir uns, wünschen noch frohe Weihnacht und machen uns auf den Rückweg. Die alte Dame findet vor Dankbarkeit keine Worte. Eine Träne rinnt ihr die Wange herunter. Dass es so was noch gibt, mag sie denken.

Es ist spät geworden. Noch immer tanzen weiße Flocken vom Himmel. Nachdenklich trotten wir zurück zu unserem Auto. Wie vermutet, ist das fast nicht mehr zu erkennen unter der dicken Schneedecke. Vorsichtig öffne ich eine Tür und hole den Schneebesen heraus. Mit unseren Händen und Schneebesen befreien wir unser Gefährt von der weißen Last. Es bleibt nicht aus, dass der eine oder andere eine Ladung Schnee ins Gesicht bekommt. Und schon wird aus Zufall Absicht. Wir toben, lachen und haben unseren Spaß. Schließlich ist Weihnachten. Das Fest der Freude.

Teil II
Reportagen

Im Gesundheitszirkus

Wenn sich die Blätter an den Bäumen gelb färben und langsam herabfallen, dann kündigt sich der Herbst an. Weil die Blätter so golden in der Sonne leuchten, schwärmen die Romantiker vom goldenen Herbst. Die Realisten nennen es schnöde Grippezeit, weil die Menschen sich mit Husten, Schnupfen und Halsweh plagen. Während die ersteren ausgedehnte Spaziergänge machen, um das schöne Herbstwetter zu genießen, führt der Weg der anderen zum Arzt. Auch in Bad Dürrenberg. Im dortigen Kurpark und der wildromantischen Landschaft der angrenzenden Saaleaue, trifft man dann jene Romantiker, die noch schnell die letzten Sonnenstrahlen einfangen wollen, bevor Wind und Regen übers Land fegen. Bei den Ärzten der Stadt dagegen bilden sich Warteschlangen, damit der Arzt mit allerlei

Medizin Husten, Schnupfen und Halsweh vertreibt. Wer aber schlau ist, verordnet sich einen Besuch im Bad Dürrenberger Gesundheitszirkus. Im Zirkus mit der salzigen Luft. Mitten im Kurpark ist er zu finden. Kaltinhalierhalle heißt er offiziell. Ein hölzerner Rundbau mit einer meterhohen Pyramide darin. Bestehend aus einem Geflecht von Zweigen, wie sie auch in den riesigen Wänden des Gradierwerkes stecken. Zu jeder vollen Stunde sprüht oben aus der Spitze Salzwasser. Das kommt aus jener Solequelle, die vor Hunderten von Jahren ein gewisser Johann Gottfried Borlach entdeckte, können die Besucher auf großen Tafeln lesen. Dann füllt sich der Raum eine halbe Stunde mit salzigem, gesundmachendem Nebel. Ein Labsal für von Husten und Halsweh geplagte Menschen. Der ganze Raum ist vom salzigen Nass geschwängert. Fußboden, Wände, alles trieft vor Nässe. Auf den umlaufenden Bänken hat sich bereits eine dünne Salzkruste gebildet. Leise Musik erklingt und versetzt alles in eine angenehme beruhigende Stimmung.

Bereits zehn Minuten vor der Zeit kommen die ersten Gäste. Ein älterer Herr mit Gehstock und zwei Damen finden sich in dem hölzernen Rundbau ein. Erwartungsvoll schauen sie hinauf zur Spitze der Pyramide, aus der der salzige gesundmachende Nebel sprühen wird. Aber noch müssen sie sich in Geduld fassen. Die beiden Damen ziehen sich einen wasserabweisenden Umhang über. Mit der spitzen Kapuze sehen sie putzig aus, und es verleiht ihnen das Aussehen von Zwergen.

Endlich ist es soweit. Ein Zischen und Knistern setzt ein, und wie von Geisterhand steigen aus der Spitze der Pyramide Millionen und Abermillionen feine salzige Wassertropfen auf. Nur kurz steigt er nach oben, um sogleich ganz sacht nach unten zu schweben. Die Sonnenstrahlen, die durch die Fenster scheinen, lassen sie in allen Farben des Regenbogens schillern. Nur wenige Sekunden dauert es, dann ist der Raum mit salziger Luft gefüllt. Augenblicklich, wie auf Kommando, setzen sich die drei in Bewegung. Langsam tief atmend beginnen sie ihren Gang um die Pyramide. Immer im Kreis. Wie im Zirkus. Runde um Runde. Die Tür geht auf. Eine junge Frau kommt herein. Auf dem Arm trägt sie ihr Kind. Es ist ein Mädchen. Laufen kann es selbst noch nicht. Dafür läuft aber seine Nase. Neugierig mit großen Augen dreht es seinen Kopf hin und her. Die beiden Damen lächeln es an, und es lacht zurück. Nach und nach kommen mehr Besucher. Neugierig die einen, Linderung suchend andere. Man grüßt, reiht sich wortlos ein und beginnt seinen Rundenlauf. Die Manege im Gesundheitszirkus füllt sich. Für einen Moment wird es laut. Zwei Knaben, fünf oder sechs Jahre mögen sie alt sein, beginnen lachend um die Wette zu laufen. Erst ein energisches Wort ihrer Eltern bringt sie zur Ruhe. Und der Zirkus dreht sich weiter. Runde um Runde bewegen sich die Besucher durch die mit salzigem Nebel gefüllte Manege. Es ist ein Kommen und Gehen. Zeitweilig sind es mehr als dreißig Besucher an diesem Tag und zu dieser Stunde. Ein bunt gemischtes Völkchen, das sich rastlos im Kreis um die Pyramide bewegt. Einige wortlos und in sich gekehrt. „Hoffentlich bin ich den Husten bald los. In drei Tagen will ich verreisen." Andere unterhalten sich flüsternd mit ihrem Partner: „Übermorgen kommen meine Kinder. Da kann ich mich mit denen gar nicht unterhalten", flüstert mit rauer Stimme ein Herr einer Bekannten besorgt zu. „Wird schon werden", muntert sie ihn auf. Die beiden scheinen Stammgäste zu sein. Ein Vati erklärt seinem Sprössling, wie der salzige Nebel entsteht, und der alte Mann mit dem Gehstock hat sich eine Pause auf der Bank verordnet. Mit gebeugtem Rücken auf einer Bank sitzend, atmet er die salzige Luft tief ein. Und der Zirkus dreht sich weiter.

Dann ist es plötzlich still. Das Zischen und Knistern hört abrupt auf. Nur das Gemurmel einiger Besucher und die Musik sind zu hören. Nach und nach verlassen die Besucher den Gesundheitszirkus. Nur der alte Mann mit dem Gehstock bleibt noch einige Minuten sitzen. Langsam erhebt er sich und tippelt mit gebeugtem Rücken zur Tür. Draußen verharrt er einen kurzen Moment und blinzelt in die herbstliche Sonne. Morgen wird er wieder hier sein, meint er zum Abschied. Auch übermorgen. Und ergänzt: „So Gott will."

Eisen-Hannes und sein Panoptikum der eisernen Seelen

Hannes liebt die Musik. Sein Traum, eine eigene Band zu haben, erfüllt sich aber nicht, weil er selbst kein Musikinstrument spielt. Also muss etwas anderes her. Und das begann so. Von Kindesbeinen an lebt Hannes in einem Dorf mitten in der mitteldeutschen Chemieregion. Nördlich des Dorfes erstreckt sich ein großes Chemiewerk. Das ist inzwischen in die Jahre gekommen. Alle Anlagen sind baufällig, verschmutzten die Umwelt. Kurz gesagt, alles ist schrottreif und muss abgerissen werden. Weil Hannes schon selbst viele Jahre in dem Werk arbeitet, tut es ihm leid um die alten Anlagen. Und wie er so dasteht und all den ganzen Schrott betrachtet, da kommt Hannes eine Idee. Die Idee von der eigenen Musikband. Er geht zu seinem Chef und fragt: „Was passiert mit all dem Schrott?" „Der kommt in den Hochofen, und daraus wird neuer Stahl geschmolzen. Für neue, nützliche Dinge. Warum fragst du?" „Na ja, ich habe da so eine Idee. Ich will auch etwas aus dem alten Eisen machen. Etwas, worüber sich die Menschen freuen." Und Hannes Augen beginnen zu leuchten. „Kann ich mir davon was aussuchen und mitnehmen?" Dabei deutet er auf einen der großen Schrottberge. „Meinetwegen", brummelt der Chef. „Nimm dir, was du gebrauchen kannst und werde glücklich damit." Lacht laut und lässt Hannes einfach stehen. In den nächsten Tagen lädt Hannes alles, was er gebrauchen kann, auf einen Wagen und fährt damit nach Hause. Auf seinem Grundstück, ein ehemaliger Bauernhof mit Wohnhaus, Stall und Scheune, will er sich eine Werkstatt einrichten. Da ist Platz genug, um seine Idee von der eigenen Band Wirklichkeit werden lassen. Die Leute im Dorf schütteln immer verständnislos den Kopf, wenn Hannes mit seinem Wagen voller Eisenteile durchs Dorf rollt. Bald nennen sie ihn nur noch Eisen-Hannes. In seiner Werkstatt aber beginnt Hannes, jeden Abend aus dem alten Eisen Figuren zu bauen, die Musiker darstellen. Einen Trompeter, einen Flötenspieler und einen Gitarristen. Eine ganze Musikband soll es werden. Alle sind kurios anzusehen. Seine Fantasie kennt keine Grenzen. Er hämmert und schraubt an den alten Teilen. Trennt sie und fügt sie zu Neuem zusammen. Manchmal flammt ein Schweißbrenner auf. Dann stieben die Funken nur so durch die Werkstatt. Hannes werkelt oft bis tief in die Nacht. Aus großen dicken Schrauben und Muttern, aus alten Eimern und Behältern entstehen Arme, Beine und Köpfe. Aus einem Kochtopf wird ein Hut, unter dem sich Locken aus altem Draht hervorkringeln. Jeden Tag kommt etwas Neues dazu, und der Traum von der eigenen Musikband wird nach und nach Wirklichkeit. Längst hat die Kunst, aus Schrott etwas Neues zu schaffen, von Hannes Besitz ergriffen. In einer Ecke seiner Werkstatt stehen kleine Figuren. Manche kaum zwei Hand hoch und fantasiereich zusammengefügt. Ein Hahn, der auf der Werkbank posiert, ist gefährlich anzusehen. Aus Sicheln, ehemals bäuerliches Werkzeug, wurden dessen Schwanzfedern, die der Gockel stolz zur Schau stellt, und mit Fantasie hat Hannes aus zwei Hufeisen eine Katze entstehen lassen. Eine Kröte, ein Storch und ein Flamingo verzieren seinen liebevoll gepflegten Hofgarten. Ein Panoptikum der eisernen Seelen ist inzwischen auf

Hannes Grundstück entstanden. Seelen, das darf man getrost sagen, denn Hannes scheint die Gabe zu besitzen, seinen Figuren Leben einzuhauchen. Immer nach getaner Arbeit, bevor Hannes das Licht in seiner Werkstatt ausschaltet, betrachtet er nochmals sein Werk. Er streichelt alle liebevoll und verleiht ihnen einen Namen. Dann geht Hannes zu Bett. Erschöpft von seiner schweren Arbeit schläft er ein. Aber nicht seine Figuren. Kaum aber ist Eisen-Hannes eingeschlafen, da wird es lebendig in der Werkstatt. Aus allen Ecken kommen sonderbare Geräusche. Es quietscht, knarrt und scheppert. Blech schlägt gegen Blech, dass es sich anhört wie Gewitterdonner. Das Licht geht wieder an. War das ein Spuk? Nein, es sind die eisernen Gesellen, die jetzt beginnen lebendig zu werden. Sie bewegen Arme, Beine und Köpfe wie wir Menschen, wenn wir morgens aus dem Bett steigen. Zuerst Kuno mit der Geige. Er reckt und streckt seine Arme, dass es nur so knarrt. Dann klimpert er mit den Augen. „Hallo Freunde", ruft er, „wacht auf! Wir wollen musizieren." Und sogleich beginnt Kuno auf seiner Geige eine fröhliche Melodie zu spielen. „Wuff, wuff", kommt es aus einer anderen Ecke. Das war Ajax, der Hund. Auch er streckt sich und gähnt laut. „Wuff, wuff! Ist es schon wieder soweit?" „Ja, mein Freund", sagt Kuno und hält im Spiel inne. „Komm, schau nach, ob alle Türen verschlossen sind, und pass schön auf, dass hier kein böser Räuber eindringt." Ajax bewacht, wenn alle schlafen, Haus, Hof und Garten. Ajax ist ein richtiger Wachhund. Nur eben aus Eisen. „Miau", macht jetzt Katze Minchen, „ich werde dann mal wieder auf Mäusejagd gehen." Und schon ist Minchen verschwunden. Ganz hinten in einer anderen Ecke wird es ebenfalls lebendig. Auch die Zwillinge Ben und Benno beginnen jetzt auf ihren Instrumenten zu spielen. Trompeter der eine,

Flötenspieler der andere. „Könnt ihr nicht etwas leiser machen", ruft Kuno empört. „Bei diesem Lärm kann ich ja keine Musik machen." Voller Wut beginnt Kuno, noch lauter auf seiner Geige zu spielen. „Ruhe!", erschallt jetzt eine laute blecherne Stimme. Und nochmals: „Ruhe!" Augenblicklich ist es still. Eine große Figur mit Umhang und einem langen spitzen Hut, auf dem ein Federbusch thront, tritt einen Schritt hervor. Er ist der Chef von all den eisernen Gesellen. Sein schwarzer Schnauzbart und die auf die Nase geklemmte Brille verleihen seinem Gesicht ein strenges Aussehen. Unter dem Arm trägt er ein großes dickes Buch, und unter seinem Umhang lugt verwegen ein spitzer Degen hervor. In seinem früheren Leben war er Steuereintreiber. Ein Registrator, den die Menschen aus Hannes' Dorf gut kennen. Jedes Jahr am Lichtmeßtag wird an ihn erinnert, denn Hannes ist mit seinem Dorf und seinen Menschen fest verbunden. „Ich bitte mir Ruhe aus, ich muss schließlich arbeiten!" Von ganz hinten kommt Gekicher. „Wer war das", ruft der schwarz Gekleidete, den seine Mitbewohner „Chef" nennen und dreht sich in die Richtung, aus der das Kichern kommt. „Ich", erschallt eine Stimme, und gleichzeitig setzt Trommelwirbel ein, so laut, dass sich alle die Ohren zuhalten. „Wer ist ich. Hast du keinen Namen?", schnauzt der Chef. Die Figur mit der Trommel schüttelt traurig den Kopf. „Nein", sagt sie, „ich bin doch erst ein paar Stunden alt. Deshalb habe ich noch keinen Namen. Unser Schöpfer wird es wohl heute vergessen haben." „So, so!" sagt der Chef nun etwas versöhnlicher. „Na, dann müssen wir dir eben einen Namen geben." Er schlägt sein großes Buch auf und beginnt darin zu blättern. „Also, dann heißt du ... dann heißt du ... ab sofort ...", und kratzt sich nachdenklich den Kopf. „Theo! Jawohl, du bist Theo mit der Trommel." Alle Umstehenden klatschen

88

Beifall mit ihren eisernen Händen und rufen „Hurra". So laut, dass selbst die Wände wackeln und einzustürzen drohen. „Willkommen, Theo", rufen sie, und auch der schwarze Chef muss jetzt lächeln. Kuno, Ben und Benno sind außer sich vor Freude, und Rigi schlägt auf seiner Gitarre einige heiße Akkorde an. Endlich müssen sie nicht mehr allein musizieren. „Also, eins, zwei, drei!", gibt Kuno den Takt an, und sogleich beginnt in Hannes' Werkstatt ein fröhliches Musizieren. Alle sind so fröhlich und ausgelassen, dass sie gar nicht merken, wie von weitem eine quälende schaurige Melodie erklingt. Die Tür wird aufgerissen, und Ajax, völlig außer Atem, stürzt herein. „Da draußen…", japste er, „da draußen steht ein musizierendes Ungeheuer!" Alle sind sofort wieder still und lauschen. Es ist nichts zu hören. „Ach was", sagt der Chef, „es gibt keine Ungeheuer, die Musik machen." Macht sich aber mutig selbst auf, um nachzusehen. Aber kaum ist er draußen, husch, da ist er auch schon wieder drin. „Da … da … da steht wirklich ein Un-ge-heuer", stottert er. Jetzt hören auch die anderen die quälende schaurige Melodie. Ängstlich treten sie vor die Tür. Tatsächlich, da steht das Ungeheuer. Eine Schrotsäge in der einen und ein Sensenblatt in der anderen Hand. Mit einem riesigen Kopf, der einem Totenschädel ähnelt, steht es auf dem Hof. Und dieser eherne Sensenmann ist es, der die schaurige Melodie erzeugt. Ist das etwa der Gevatter Tod? Gleich daneben Lebensfreude pur. Die Traumfrau. Oder Hannes' Traumfrau? Schmuckbehangen mit großen Brüsten, wilder Rockerfrisur und High Heels. Noch nie sind den eisernen Werkstattbewohnern diese Figuren ins Auge gefallen. Und nun begehren die beiden Einlass. Keiner sagt etwas. Vorsichtig gehen sie zurück in ihr Heim, und alle halten heimlich nach einem Versteck Ausschau. „Ich habe Angst", findet Kuno als

Erster seine Worte wieder. „Wuff, ich auch", knurrt Ajax leise, zieht seinen Schwanz ein und verkriecht sich unter dem Werkstatttisch. „Ein schöner Hund bist du mir", flüstert Kuno ihm zu, versteckt sich aber zur Sicherheit selbst hinter einem hohen Regal. Nach einer Weile geht die Werkstatttür knarrend auf. Alle verkriechen sich noch tiefer in ihre Ecken. „Oje", denkt der Chef, „jetzt kommt das Ungeheuer rein und wird uns den Garaus machen." Aber nichts geschieht. Nur Katze Minchen huscht zur Tür herein. Wieder vergehen bange Minuten. Wieder öffnet sich die Tür. Diesmal ist es das Ungeheuer. „Ich bin der Gevatter Tod", beginnt der Sensenmann mit knarrender Stimme zu reden. „Mit mir wollen die Menschen nichts zu tun haben. Sie fürchten mich genauso wie ihr, denn ich kündige den Tod an." Da hat er recht, denkt der Chef und beginnt zu zittern, dass seine Eisenteile klappern. Was soll ich jetzt bloß machen? Zu seinem Glück tritt hinter dem Gevatter die Traumfrau hervor. „Und ich bin eine Rockerlady", piepst sie. Dann lacht sie schrill auf. „Ich bringe den Menschen Freude. Vor mir muss sich niemand fürchten." Zum Beweis gestikuliert sie wild mit den Armen und beginnt einige Tanzschritte vorführen. Jetzt kann sich der Chef ein Lächeln nicht verkneifen. Nach und nach kommen nun auch die anderen aus ihren Verstecken hervor. Schweigend betrachten sie die beiden und schauen fragend ihren Chef an. Der macht eine Handbewegung und tritt einen Schritt zur Seite. Seine Freunde folgen ihm. Man steckt die Köpfe zusammen und diskutiert leise. Zum Schluss nicken alle und geben sich die Hand. Der Chef ergreift das Wort: „Also, wir haben beschlossen, euch in unsere Gemeinschaft aufzunehmen. Schließlich haben wir alle einen gemeinsamen Schöpfer." Mit einem „Willkommen" bitten alle die Neuen, den Tod und das Leben, in ihre Mitte.

Am Himmel sind bereits die ersten Lichtstrahlen zu erkennen, als alle wieder an ihrem Platz stehen. Unter ihnen der Gevatter und die Rockerlady.

Was immer Hannes erschaffen hat. Es sind wunderschöne Figuren. Mit viel Liebe, Fleiß und Kreativität erschaffen. Aus den Teilen der verschrotteten Chemieanlagen und aus alten Werkzeugen zusammengefügt. Wenn ehemaligen Chemiewerker die Figuren sehen, werden sie so manches alte Teil darin wiedererkennen, die sie so einzigartig machen. Figuren die, obwohl der Fantasie entsprungen, doch das ganz normale Leben darstellen und uns so irgendwie vertraut vorkommen. Ein Panoptikum der eisernen Seelen hat Hannes erschaffen. Mal klein und mal überlebensgroß. Nicht aus einem Guss, sondern einzelne, kunstvoll zusammengeschweißte Teile, die alle einmal eine Daseinsberechtigung in den alten Chemieanlagen hatten. Ob Schraubenschlüssel, Feuerlöscher oder Wärmetauscher. Oder einfach nur ein Stück Kette. Für manchen ist es nur Schrott. Für den fantasievollen Betrachter Kunst. Immer kommt es auf den Standpunkt des Betrachters an, meint Hannes, der Schöpfer der Figuren und dieses einzigartigen Panoptikums. Und was ist es wirklich? Die Antwort findet ein jeder in seiner Fantasie.

Im Zeichen der Muschel

Je länger wir, meine Frau und ich, auf dem Pilgerweg sind, desto freier fühle ich mich. Ich spüre, dass ich mir mit jedem Schritt und von Tag zu Tag ein Stück Freiheit erlaufe. Wie sich meine Frau fühlt, vermag ich nicht zu sagen, aber ich spüre, dass es ihr wohl ebenso ergeht. Am Ende unserer Tour, da sind wir uns völlig einig, begreifen wir, pilgern ist mehr als wandern. Pilgern bedeutet, jeden Tag ein neuer Aufbruch ins Ungewisse. Wo werden wir heute übernachten? Wie anspruchsvoll ist der Weg, und was werden wir erleben? Gehen, ausruhen, ankommen. Pilgern ist auch auskommen mit wenigem. Alles ist und wird auf das Wesentliche reduziert. Alles so einfach wie möglich. Pilgern ist das Herausgehobensein aus dem alltäglichen Leben. Wenn wir am Ziel sind, ist es einfach vorbei. Das Wesen des Pilgerns ist nun mal der Weg.

Pilgern von Erfurt nach Coburg haben wir uns vorgenommen. Einmal quer über den Thüringer Wald. Coburg ist das Minimalziel. Von dort wollen wir, wenn alles gut läuft, weiter nach Bamberg. Immer dem Zeichen der Muschel nach.

Genaugenommen beginnt unsere Pilgertour bereits daheim. Schon beim Rucksackpacken. So viel wie nötig und so wenig wie möglich muss da hinein, und nicht mehr als zehn Kilo soll er wiegen. Schließlich müssen wir diesen Hightech-Ranzen die nächsten acht Tage von morgens bis abends auf unserem Rücken tragen. Dieses Kunststück wiederholt sich von nun an täglich und wird von Etappe zu Etappe immer abstrakter. Zuerst verschwinden darin schnelltrocknende Hosen, Hemden und Unterwäsche. Handtücher, ein Paar leichte Schuhe und etwas Abendausgehkleidung nebst Socken sowie allerlei Dinge, die halt zur Körperpflege nötig sind, verschlingt das rote Monster. Alles akkurat gefaltet. Zum Schluss noch etwas Wegzehrung und Getränke für den Tag. Endlich ist alles drin und gut verstaut. Die ersten drei Kilometer zum Bahnhof nach Großkorbetha sind die Teststrecke. Der Rucksack sitzt, und die Schuhe drücken nicht. Alles gut. Test bestanden. Im gemütlichen Regionalbahntempo zuckeln wir bis Erfurt. Vom Bahnhof sind es noch fünfhundert Meter durch die Stadt bis zum Pilgerweg. Die aufsteigende Sonne am Himmel verheißt uns einen schönen Tag, obwohl es noch recht kalt ist. Dann entdecke ich die erste Pilgermuschel. Schlicht an einen alten knorrigen Baum gemalt. Von nun an wird uns dieses Zeichen bis zum Ziel begleiten und anzeigen, dass wir uns auf dem rechten Weg befinden. Wird uns mahnen, nicht vom rechten Weg abzukommen. Ich lasse meine Gedanken aufsteigen und schreite munter aus.

Arnstadt, reichliche zwanzig Kilometer weiter, ist unser erstes Ziel. Die Sonne lacht, meine Frau lacht, und ich lache auch. Anfangs sind der Weg und die Landschaft drumherum noch unspektakulär und wenig romantisch. Wir kreuzen vielbefahrene Straßen, müssen an roten Ampeln warten, und statt Wiesen und Wäldern sehen wir triste Gewerbehallen und Werkstätten. Aus einer Kleingartenanlage dringen Rasenmähergeknatter und Hundegekläff. Zehn Kilometer weiter unterquert der Pilgerweg die Autobahn und die neue Schnellbahntrasse. Wir bestaunen die monumentalen Bauwerke, welche hier die Landschaft durchschneiden. Hier und da sehen wir ein Dorf, dass mit seinem Kirchturm zu uns herübergrüßt. Mit freudigen Herzen und lächelnden Gesichtern grüßen wir zurück.

Dann sehe ich ihn zum ersten Mal. Hinter dem Brückenpfeiler einer Autobahnbrücke steht er und blinzelt in die Sonne. Ein Mann mit Frack und Zylinder. Hochaufgeschossen und dürr. Steil geht es gerade entlang einer Fernstraße bergauf. Schweiß rinnt mir von der Stirn, und Autos zischen im Sekundentakt vorbei. Es ist laut und stinkt nach Autoabgasen. Siehe, da stehet Ehrwürden, denke ich, als ich seiner gewahr werde, und muss lächeln. Die Schwalbenschwänze seines Fracks flattern im Wind, und der schwarze Zylinder hat schon bessere Tage erlebt. Aus seinem unrasierten und hohlwangigen Gesicht sticht seine spitze Nase hervor. Bohnenstange mit Hut, fällt mir spontan ein. Meine Frau marschiert strammen Schrittes voran, ich drei Schritte hinter ihr. Das ist so kurz vor Ichtershausen. Ich verlangsame mein Tempo und bleibe schließlich vor ihm stehen. „Grüß Gott, Gevatter", grüßt er freundlich und lupft kurz seinen Hut. Nickend grüße ich zurück.

„Wohin des Weges?" Meine Augen ähneln jetzt denen asiatischer Menschen.

„Bin auf dem Pilgerweg nach Coburg und Bamberg", antwortete ich höflich.

„Ich begleite dich ein Stück", und schon beginnt er loszulaufen.

Ich nehme wieder Schritt auf und laufe ihm nach.

„Wer bist du, und was machst du hier?"

„Habe auf dich gewartet und will ein Stück weit mit dir gehen."

Meine Augen sehen immer noch asiatisch aus, er aber redet munter weiter: „Du bist auf dem Pilgerweg. Ich will dich an deinen Glauben erinnern. Vergiss das nicht." Mein Gesicht entspannt sich wieder. Ach ja, Pilgerweg und

Glaube. Daran habe ich gar nicht mehr gedacht. Angesichts lärmender Autos und stinkender Abgase erst recht nicht. Und Glaube?

„Glaube hin, Glaube her, Gevatter. Heutzutage glaubt jeder sowieso nur an sich. Mein Pilgerweg hat gerade erst begonnen. Habe also noch viel Zeit, darüber nachzudenken." Und gehe einen Schritt schneller, damit meine Frau mir nicht enteilt. Ein Gedanke durchzuckt mich.

„Weißt du, was ich glaube? Ich glaube, ich muss mich beeilen, sonst ist meine Frau zuerst am Ziel", rief ich Ehrwürden über die Schulter zu und lachte schelmisch.

„Mit wem hast du gesprochen?", wollte meine Frau wissen, als ich sie eingeholt hatte.

„Ach, nichts weiter. Da war nur so ein komischer Mensch …" Ich drehe mich um, aber von Ehrwürden ist weit und breit nichts zu sehen. Dabei beließ ich es.

Endlich sind wir über den Berg. Das Ortseingangsschild leuchtet in der Ferne. Ein Friedhof kommt in Sicht. „Wird Zeit zum Rasten. Ich habe echt Hunger", sagt meine Frau. Mir geht es genauso. In meinen Därmen rumort es, und mein Mund ist furztrocken. „Da vorn sind Bänke", sage ich. Vor dem Friedhofstor auf einer gepflegten Rasenfläche sind Bänke aufgestellt. Mit geräuschvollem „Ah" und „Oh" befreien wir uns von der schweren Rückenlast. „Puh!" Ächzend nehme ich Platz. Ein Baum spendet wohligen Schatten. Erst mal einen kräftigen Schluck aus der Pulle, ist mein erster Gedanke. Das Wasser rinnt wohltuend die Kehle runter. „Willste Käse oder Wurst", fragt meine Frau. Und weil wir uns wie so oft nicht entscheiden können, sage ich kurzerhand: „Wir teilen!" Genussvoll verspeisen wir unsere belegten Brötchen von heute Morgen. Leute, die aus dem Friedhof kommen, werfen uns neugierige Blicke zu. Wir lassen die Leute Leute sein und verspeisen, ungerührt der toten Seelen hinter der Mauer, unsere Wegzehrung. Mit Genuss, und nur das zählt.

Je mehr sich Arnstadt nähert, umso unromantischer wird der Weg. Trotz illegal entsorgten Mülls und vom letzten Sturm entwurzelter Bäume. Die Nähe der Stadt lässt sich schon erahnen. Schließlich liegt nach der nächsten Wegbiegung die Silhouette Arnstadts vor uns. Wieder hemmen rote Ampeln unsere Schritte, und wieder kriecht Abgasgestank in unsere Nasen. Noch ein kleiner Anstieg, dann haben wir es geschafft. Wir stehen vor der Bachkirche in Arnstadt. Die erste Etappe ist bewältigt. „Gib fünf", sagt meine Frau und hebt den Arm. Menschen schauen zu uns herüber und lächeln. Mehr braucht es eigentlich nicht.

Durch das Eingangsportal treten wir in das Innere. Überwältigt von der Schönheit bleiben wir stehen und staunen. Am Altar steht eine ausländische Touristengruppe und lässt sich von einer Stadtführerin die Geschichte dieses ehrwürdigen Gebäudes erklären. Wir befreien uns wieder von unseren Rucksäcken und nehmen nach kurzer Andacht auf einer der zahlreichen Bänke Platz. Schweigend hängt jeder seinen Gedanken nach. Plötzlich ist er wieder da. Ehrwürden. Ganz vorn in der ersten Reihe vor dem Altar sitzt er. Ich erkenne ihn sofort an seinem schwarzen Zylinder. Es reizt mich, ihm zu sagen, dass er gefälligst in diesen heiligen Ort des Glaubens seinen Hut abnehmen soll. Ich drängle mich an meiner Frau vorbei, die etwas von Sitzenbleiben und Hummeln im Arsch brummelt, und will nach vorn eilen. Als ich vorn ankomme, ist Ehrwürden weg. Einfach so.

Unser Nachtquartier ist schnell gefunden. „Café und Pension" steht über dem Eingang in einer kleinen Arnstädter Seitenstraße. Wir dürfen eine modern eingerichtete Ferienwohnung im Nebengebäude beziehen. „Frühstück ab acht Uhr drüben im Café", sagt die Besitzerin. Das ist uns recht, denn stets neun Uhr wollen wir aufbrechen. Zuerst erkunden wir das Zimmer. Zwei Betten, ein großzügiges Bad und eine kleine Küchenzeile. Mehr bedarf es nicht für unsere Ansprüche. Einziges Handicap: Der obligatorische Fernseher ist in zwei Meter Höhe seitlich neben meinem Bett. Wir sind nicht zum Fernsehgucken hier, lautet unser Fazit. Schnell entledigen wir uns unserer vom Schweiß durchnässten Kleidung. Schuhen und Strümpfen entströmt ein beißender Geruch. „Puh! Erst mal lüften. Sonst ersticken wir noch", sagt meine Frau, wohl wissend um dessen Herkunft und öffnet erst mal weit die Fenster. Wir lassen uns auf die Betten fallen und genießen die Freiheit unserer Füße. Noch im Liegen folgt das obligatorische Wo-schlafen-wir-morgen-Ritual? Das wird nun täglich zelebriert. Meine Frau ruft verschiedene Gasthöfe und Pensionen im nächsten Etappenziel an. „Alles belegt!" Fast immer die gleiche Antwort. Nur einer erbarmt sich. Nein, nicht die Kirche, obwohl wir doch auf dem Pilgerweg sind. Es ist ein Jugendcamp, fast zwei Kilometer vom Pilgerweg entfernt, das wir als letzte Option gewählt haben. Wegen einer Nacht will uns anfangs die Herbergsmutter nicht übernachten lassen, aber als ich ihr anbiete, in unseren Schlafsäcken zu nächtigen, willigt sie ein. Der Preis sei Verhandlungssache, meint sie noch. Egal, die nächste Übernachtung ist gesichert. Ein kleines Restaurant mit chinesischer Küche ist das Ziel für unser Abendmahl. Ein junger Mann, mit Augen wie Minuszeichen, nimmt unsere Bestellung entgegen. „Sarf oder nicht sarf", fragt er, als ich eine Suppe bestelle. „Scharf", sage ich. Gebratene Nudeln als Hauptgang. „Auch sarf?" Ich nicke nur. „Un du", wendet er sich an meine Frau. „Auch sarf", antwortet sie, und wir müssen plötzlich lachen. Der junge Mann nimmt es gelassen und lacht mit. „Ja was? Nudel oder Leis." Meine Frau entscheidet sich für Leis mit Huhn. Er käme aus Thailand, erzählt er uns und spendiert einen „Leisschnaps". Wir kommen ins Gespräch und erzählen von unserer Pilgertour. „Oh!" Seine Augen werden groß, und er nickt anerkennend. „Aber das nix für mich. Nee, nee. Ich nix pilgern. Nee, nee!" Etwas später zahlen wir und streben dem Nachtlager zu.

Nach dem Frühstück, zwei belegte Brötchen verschwinden unauffällig in unseren Taschen, machen wir uns wanderfertig. Unsere Spezialkleidung hat ihr Versprechen gehalten und ist wieder trocken. Auch mit unseren Socken, die wir einer Handwäsche unterziehen mussten, können wir uns unter die Menschheit wagen.

Um unsere Beine nicht überzustrapazieren, schneiden wir am Anfang der Wegstrecke ein Stück ab, um es hinten, die Herberge liegt zwei Kilometer von der Pilgerroute entfernt, wieder anzufügen. An diesem Tag geht es erst mal in die Berge. „Arnstadt am Fuß des Thüringer Waldes", resümiere ich angesichts des vor uns liegenden Berges. „Da oben treffen wir wieder auf den Pilgerweg", erkläre ich. Dank ausgeklügelter Satellitentechnik wird mir mein Standort auf einer digitalen Karte meines Mobiltelefons immer angezeigt. Auch der Verlauf des Pilgerweges ist zu sehen. Im Himmel, Tausende Kilometer über uns, schwebt dieses Wunderwerk und sendet seine Signale aus, damit wir uns nicht verlaufen. Oder hat doch der liebe Gott seine Hand im Spiel? Hilft er den Seinen mit den Vom-Himmel-hoch-her-Signalen, nicht vom rechten Weg abzukommen? Man mag es glauben oder auch nicht. Ich muss in dem Moment an Gevatter Ataman denken.

Am späten Nachmittag haben wir unser Ziel erreicht. Zwei Kilometer abseits der Straße finden wir das

Jugendcamp. Bis auf eine Schülergruppe aus dem Holzland ist das große zweistöckige, aus der vergangenen Epoche stammende Gebäude leer. Der Hausmeister empfängt uns. Er wisse schon Bescheid, sagt er freundlich und zeigt uns das Zimmer. Oje! Es hat die Größe eines schmalen Handtuchs und ist für fünf kleine Menschen eingerichtet. Wie bei den sieben Zwergen, fällt mir ein. Zweimal zwei Betten übereinander und ein einzelnes am Fenster. Nach zwei Minuten kommt der Haumeister wieder. Nicht um nach unseren Wünschen zu fragen. Nein, er nimmt wortlos die bereitliegende Bettwäsche mit. Wie geplant, sagt mir der Gesichtsausdruck meiner Frau. Das Ritual vom Vortag wiederholt sich. Wandersachen ausziehen, den Mief aus dem Fenster jagen und den Schweißgeruch vom Körper spülen. Über den Flur zwei Türen weiter finden wir ein Gemeinschaftsbad. Toiletten bitte eine Tür weiter. Die Gunst der Stunde nutzend, die Kinder spielen gerade Fußball, lassen wir uns frisches Wasser über unseren geschafften Körper rinnen. „Ah, oh! Ist das himmlisch", dringen aus der nebligen Duschkabine die Worte meiner Frau. Ich genieße das erfrischende Nass im Stillen.

Im Erdgeschoß ist ein großer Raum. Speisesaal steht an der Tür. Speisesaal, ein Begriff, der mir noch geläufig ist, und Erinnerungen an Ferien im Pionierferienlager erwachen lässt. Einer von den vielen Tischen ist für uns gedeckt. Der Duft von Tee, Butter und Brot empfängt uns beim Betreten. Ich muss unwillkürlich lächeln. Es ist der typische Geruch, den ich und viele Kinder meiner Generation aus der Zeit der Pionierferienlager kennen. Reserviert für die Pilger, weist uns ein kleines Schildchen unseren Platz zu. Das Essen ist spartanisch. Alles wie zu früheren Zeiten. Da sind Moni und ich uns einig. Trotzdem schmeckt es uns. Nach dem Frühstück brechen wir auf.

Um wieder auf den rechten Weg zu gelangen, müssten wir wieder zwei Kilometer zurückgehen. Können wir uns das nicht ersparen, überlege ich und suche auf meinem Handywegweiser. „Es gibt eine Abkürzung", sage ich zu Moni. „Gleich hier hinter dem Trafohäuschen." Wir schauen angestrengt auf unser Handy. „Der Weg ist unbefestigt und führt quer über eine Wiese", erkläre ich ihr. Wir sehen uns an, nicken und mit einem „Auf geht es!" laufen wir los. Schon von weitem sehe ich ihn. Einen Mann im Frack und Zylinder. Hochaufgeschossen und dürr. Er winkt und schwenkt seinen Hut. Ehrwürden, wer sonst soll das sein, denke ich. „Ich bin schon da, Gevatter!", ruft er mir zu. „Was willst du? Spielen wir Hase und Igel?" „Nein! Aber du bist vom rechten Weg abgekommen." „Will doch nur abkürzen", entgegne ich. „Gott mag es nicht, wenn seine Schäfchen den rechten Weg verlassen", mahnt er. Mein Gott, denke ich. Ist das so schlimm? Er wird mir verzeihen. Ehrwürden zeigt auf eine Baumgruppe einhundert Meter weiter flussab und lacht. Im gleichen Moment reißt mich meine Frau aus meinen Gedanken: „Hier geht es nicht weiter!" Ich schrecke aus meinen Gedanken. Wie gut, dass mich keiner denken hören kann. Tatsächlich, ein Fluss versperrt unseren Weg. Und nun! Moni sieht mich vorwurfvoll an. Eine Furt, die eigentlich leicht zu durchwaten wäre. Für jeden Traktor keine Hürde. Hier rein, drüben wieder raus, zeigen breite Reifenspuren. „Durchwaten", sage ich lachend. „Nee nee! Wenn wir auf den glitschigen Steinen ausrutschen", … „dann nehmen wir ein Vollbad", ergänze ich. Jetzt lacht auch Moni „Na ja, da müssen wir mehr oder weniger zurück", antworte ich demütig. Weit müssen wir nicht. Hinter einer Baumgruppe, etwas versteckt, entdecke ich einen Steg. Der scheint schon in die Jahre gekommen zu sein, aber noch stabil. Was für ein

Zufall, denke ich. Zufall! Hatte nicht Ehrwürden auf die Baumgruppe gezeigt. Na klar! Er wollte uns klarmachen, dass Gott seine Schäfchen wieder auf den richtigen Weg zurückführt. Schnell finden wir den Weg, der uns zum nächsten Etappenort führt. Die gelbe Muschel am Wegesrand ist nicht zu übersehen. Die Sonne lacht, und schon gegen Mittag erreichen wir Paulinzella. Kloster Paulinzella. Hier zu übernachten ist unser Plan. Nur der beste Plan ist nutzlos, wenn man sich nicht gut vorbereitet. Das Kloster Paulinzella ist nur eine Ruine, müssen wir feststellen. Mit einem kleinen Park ringsum und einem Informationszentrum. Alles sehr gepflegt. Auch der Ort macht einen gepflegten Eindruck. Auf den Straßen ist keine Menschenseele zu sehen. Es ist halt Mittagszeit. Weiterlaufen, beschließen wir. Die Pilgermuschel an einer Bank ist nicht zu übersehen und fordert uns zur Rast auf. Wir nehmen das Angebot dankend an und lassen uns unsere belegten Brote vom Frühstückstisch schmecken. Noch etwas Sonne tanken, dann geht es weiter. Der Weg steigt jetzt steil an und verlangt von uns alles ab. Schweiß rinnt mir den Rücken herunter. Kein Wunder, mit fast zehn Kilo Gepäck im Rucksack. Wie auf einer langen, steil ansteigenden Treppe stapfe ich bergan. Immer wenn ich denke, jetzt ist es geschafft, entpuppt sich das Ganze nur als ein Treppenabsatz. Als Anfang zum nächsten Anstieg. Gnadenlos erinnert der Weg uns daran, dass wir den Gipfel der Thüringer Berge noch nicht erreicht haben. In Königsee empfängt uns am Etappenziel eine kleine freundliche Pension. Gerade recht für zwei erschöpfte Pilger. Nach einer ausgiebigen und erfrischenden Dusche empfiehlt uns der Wirt den Biergarten am Grill. Walpurgis steht bevor. Es gibt Thüringer Rostbratwurst und Kartoffelsalat. Dazu ein erfrischendes Bier, das uns tief schlafen lässt.

Oberweißbach ist unser nächstes Ziel. Mit einem Verpflegungspaket vom Frühstückstisch hat es leider nicht geklappt. Sollen wir hier auf die Probe gestellt werden und bis zum Abend fasten? Gott sei Dank finden wir aber am Ortsausgang noch eine Fleischerei, die uns das Nötige anbietet. „Der da oben scheint ein Herz für uns Pilger zu haben", sage ich zu Moni und zeige zum Himmel. Moni nickt nur und murmelt etwas vor sich hin, das sich wie nicht verhungern anhört, und marschiert los. Wieder geht es bergauf. An einem Weidezaun entdecken wir die Pilgermuschel. Also sind wir auf dem rechten Weg. Wie so oft eilt Moni voraus. Obwohl es bergauf geht. Hundert Meter hat sie schon Vorsprung. Oben auf der Bergkuppe bleibt sie abrupt stehen und rührt sich keinen Zentimeter von der Stelle. Nanu, denke ich und eile ihr nach. Beim Näherkommen sehe ich den Grund. Eine Rinderherde steht dicht am Wegrand. An die fünfzig Braungescheckte lassen sich das frische Frühlingsgras schmecken. Ich muss lachen. „Keine Angst", sage ich. „Die tun uns nichts. Außerdem stehen sie hinter dem Zaun, und ihre Kälber sind weit weg." „Muuuh", ertönt es, als wir näherkommen, und wie verabredet stellen ihre Mäuler ihre gleichmäßigen Kaubewegungen ein. Langsam schleichen wir uns vorbei. Moni weicht nicht von meiner Seite. Die Rindviecher glotzen uns neugierig an. Kaum sind wir vorbei, ertönt wieder ein lautes „Muuuh" hinter uns. Ein kurzer Sprint, Moni voran, dann sind wir außer Reichweite. Ich kann deutlich hören, wie Monis Herzensstein zu Boden plumpst. Erleichterung stellt sich ein. Nicht nur weil es wieder bergab geht. Unten im Dorf reckt eine Kirche ihre Sitze in den Himmel. Wir wollen Gott guten Tag sagen, nehmen wir uns vor. Pustekuchen! Leider ist das Gotteshaus verschlossen. Leider nicht das erste und leider auch nicht das letzte Mal, wie wir auf unserer Tour noch erfahren müssen. Zwischenstation Sitzendorf. Leuna lässt grüßen. Karawanen von Arbeitern aus dem ehemaligen Leunawerken haben hier fröhliche und feuchte Urlaubstage in dem beschaulichen Ort verbracht. Heute lockt ein Porzellanmuseum Touristen an. Wir nutzen unsere Mittagpause zu einem Besuch und lassen uns unsere Wanderverpflegung schmecken. „Ja ist denn heut schon Weihnachten?", sage ich nach einigen Hundert Metern Wegstrecke unverhofft zu Moni, die mich daraufhin erstaunt anguckt. Ich zeige mit meinem Wanderstab auf ein altes Fachwerkgebäude. Tatsächlich grüßt von dessen Dach ein überdimensionaler Weihnachtsmann mit einem lustigen Kugelbauch zu uns herüber. Weihnachtsmannbahnhof steht in großer Kinderschreibschrift an der Giebelseite. Tatsächlich ähnelt das Gebäude einem alten Bahnhof. Gleise einer Bahnstrecke enden hier, und einige Meter weiter sind die Gleise und der Haltepunkt der Bergbahn von Unter- nach Oberweißbach zu sehen. Ein Mann, die Schwalbenschwänze seines Fracks flattern im Wind, steht am abfahrbereiten Zug und winkt uns einzusteigen. Ehrwürden. Wer sonst. „Nicht der schon wieder", sage ich vor mich hin, als ich seiner gewahr werde. „Danke! Wir gehen zu Fuß", rufe ich ihm zu und gehe weiter. Die Pilgermuschel am Wegesrand zeigt uns den Weg nach Oberweißbach, der vor dem Bahnhof links steil ansteigt. „Mit wem redest du", fragt Moni und dreht sich um. „Ach, nichts weiter. Ein Bekannter."

„Was? Wo? Ich sehe niemanden."

„Nicht so wichtig", antworte ich und zeige ihr einige imposante Tannen, die jetzt in voller Blüte stehen. Eine Windbö fegt gerade durch ihre Äste und lässt eine Pollenwolke durch die Luft schweben. Ein faszinierender Anblick, den Mutter Natur uns bietet. Wir stehen und staunen. Das alles soll Gott erschaffen haben, sinniere ich. Weiter steigt der Weg steil bergan. Der Rucksack scheint immer schwerer zu werden. Längst rinnt mir der Schweiß den Rücken runter. Auch Moni steht die Anstrengung ins Gesicht geschrieben, aber die im Sonnenlicht leuchtenden sattgrünen Bäume und Sträucher ringsum lassen uns die Anstrengung nicht spüren. Endlich sind wir oben. Eine kleine Brücke der Bergbahn überquert den Weg. Gerade rollt einer der rot-weißen Wagen darüber hinweg. Voll beladen mit fröhlichen Touristen. Auf dem hinteren Perron steht: Ehrwürden. Er winkt und bewegt seinen Mund, als wolle er uns sagen: „Ich bin schon da!"

Die Herbergsmutter ist eine dralle, lustig daher schauende Rentnerin. Die kleine Pension betreibe sie zusammen mit ihrem Mann. Der sei aber gerade mit Freunden beim Grillen im Garten. „Es ist Walpurgis, und wenn Sie möchten, können Sie sich dazusetzen", bietet sie uns an. Wir sind aber zu müde. „Dann bringe ich Ihnen Ihr Abendessen auf das Zimmer. Es gibt Rostbrätl und Bratwurst. Dazu selbstgemachten Kartoffelsalat."

„Hatten wir das nicht erst gestern", frage ich, als sie die Tür hinter sich geschlossen hat. Wir sehen uns an und müssen lachen. Pilgermahl. Einfach, aber gut. Vergelt's Gott.

Der nächste Tag beginnt unspektakulär. Außer einem älteren Ehepaar aus Westfalen sind wir die einzigen Gäste, die sich am freundlich gedeckten Frühstückstisch einfinden. Die Herbergsmutter gibt uns beim Abschied zusätzlich zum Lunchpaket noch einen Tipp für unser nächstes Schlafquartier mit auf den Weg. Man kennt sich eben. Als wir gutgelaunt mit gepacktem Rucksack vor die Tür treten, klettert gerade die Sonne hinter den Bergen empor. Trotzdem ist es kalt. Mittags wollen wir den Höhepunkt unserer

Tour erreichen. Den Rennsteig. Aber zunächst geht es steil bergab. Ein kleiner Ort im Tal winkt mit seiner Kirchturmspitze. Jedoch, wieder ist dieses von Menschenhand geschaffene Zeugnis des Glaubens verschlossen. Was hilft es. Wir haben ein Ziel und wandern notgedrungen weiter. Am Ortausgang führt der Weg wieder steil bergan, als ich erstmals ein leises Brennen im linken Schuh verspüre.

„Wir müssen mal 'ne Pause machen", sage ich. Es könnte sein, dass ich mir eine Blase gelaufen habe."

„Wieso? Die Schuhe sind doch neu" entgegnet Moni. „Eben deshalb", erwidere ich und verlangsame meinen Schritt. Ich hätte in dieser Situation zumindest eine kleine Pause einlegen können. Aber das wollte ich nicht. Es hätte sich wie Versagen angefühlt. Pilgerlos, denke ich und beiße die Zähne zusammen. Mir war klar, dass mich keine sechs Tage Spaß erwarten würden und laufe langsamen Schrittes weiter. Nach dreißig Minuten kommen erste Häuser in Sicht. Der Weg wird steiler und die Luft trüber. Neuhaus am Rennweg erkenne ich an einigen Schildern. Hurra! Der Gipfel des Thüringer Waldes ist erreicht. Von nun an kann es nur noch bergab gehen, frohlocke ich. Der Bahnhof der Gipfelstadt kommt in Sicht, und wir entschließen uns zur Pause. Schnell ist eine Bank gefunden, auf der wir unsere des steilen Weges wegen geschundenen Beine hochlegen können. Mein Herz schlägt heftig. Dieser ewig arbeitende Muskel braucht auch mal Pause, denke ich. Langsam lässt das Brennen in meinem linken Schuh nach.

Gestärkt geht es nach dreißig Minuten weiter. Ein Hinweisschild mit einem nicht zu übersehenden großen „R" zeigt an, dass wir nun den Fußtapfen des berühmten Thüringer Volksliedsängers Herbert Roth folgen. Die Pilgermuschel darunter nimmt sich dagegen ziemlich mickrig aus. Egal! Hauptsache, wir sind auf dem richtigen Weg. Ein

Satz aus meiner Jugendzeit fällt mir ein. „Der Beat ist tot, es lebe Herbert Roth", spotteten wir damals, weil der damalige DDR-Obere meinte, dass man mit diesem „Yaeh, Yaeh, Yaeh" der Beatles in der DDR Schluss machen müsste. Dennoch haben die Beatles und Herbert Roth noch heute ihre Anhänger. Ich hole tief Luft, und lächelnd schreite ich kräftig aus.

Dichter und dunkler wird der Wald. Stamm an Stamm stehen die riesigen Fichten. Die Baumkronen hoch droben lassen nur spärlich das Sonnenlicht durch. Erinnerungen an das bekannte Grimmsche Märchen von Hänsel und Gretel gehen mir durch den Kopf. Es ist still um uns geworden. Nur ab und zu hämmert ein Specht oder knackt ein Ast. Romantik pur. Ich lasse meine Gedanken aufsteigen und mich für einen Moment zu mir selbst finden. Will die Chance nutzen, mich so oft wie möglich nur mit mir zu beschäftigen. Zeit für mich, um über mein Leben nachzudenken, mich selbst zu reflektieren: Was hatte ich bisher geschafft und wo wollte ich noch hin?

„Fehlt nur noch das Knusperhäuschen", reißt mich Moni spontan aus meinen Gedanken und erinnert mich daran, aufmerksam zu sein, um nicht eine der wegweisenden Pilgermuscheln zu übersehen. Sonst landen wir womöglich doch noch bei der bösen Hexe. Sacht geht es inzwischen bergab. Nach einer Stunde und drei Pilgermuscheln wird der Wald lichter. Eine große Wiese breitet sich vor uns aus und gewährt uns im spätnachmittäglichen Sonnenschein einen imposanten Ausblick auf die Bergwelt Thüringens. Dreihundert Meter weiter hangabwärts liegt das Örtchen Limbach zu unseren Füßen. Unser heutiges Etappenziel. Ein älterer Herr, der gerade in seinem Vorgarten werkelt, zeigt auf ein Haus keine hundert Meter weiter. „Da, wo der Stein im Garten schwebt", ergänzt er, und nur einen Augenblick später stehen wir vor unserem Nachtquartier. Ein kleines Häuschen mit gepflegtem Vorgarten lässt uns erahnen, dass wir hier wie in Morpheus' Schoß schlafen werden. Eine gutaussehende Dame unseres Alters begrüßt uns überschwänglich. Fragt uns nach dem Woher und Wohin und will auch sonst noch allerhand wissen. Wir wollen aber erst mal unseren Rucksack loswerden. Eine große und eine kleine Ferienwohnung bietet sie uns an. „Für eine Nacht und zwei Personen reicht die Kleine", entscheidet Moni spontan. Damit ist alles gesagt. Auch an den schwebenden Stein denke ich erst mal nicht. Wir wollen erst mal nur ruhen. Außerdem spüre ich meinen linken Fuß wieder. Das kleine Zimmer mit Dusche und Sitzecke lässt keine Wünsche offen. Außer dass es zu klein geraten scheint. Schnell entledige ich mich zuerst der Wanderschuhe, um endlich meinen brennenden Fuß zu begutachten. Es fühlt sich schlimmer an, als es aussieht, so mein erster Eindruck. Denn augenblicklich lässt das Brennen nach. Wahrscheinlich wollte er mir signalisieren, ihn endlich aus seinem engen Gefängnis zu befreien. Nach einer erfrischenden Dusche mit anschließendem kaltem Fußbad ist das Brennen verschwunden. Abendessen war nicht im Angebot unserer Wirtin. Also müssen wir den kleinen Landgasthof aufsuchen, um uns zu stärken. Die Wirtsleute, ein älteres Ehepaar, sind sehr freundlich, obwohl der Wirt ziemlich mürrisch dreinblickt. Nachdem er uns zwei Bier serviert hat, vertieft er sich wieder wortlos in seine Zeitung. Seine Frau wirtschaftet derweil in der Küche. Nur einmal scheint er aufzutauen. Als er erfährt, wo wir die Nacht verbringen, sagt er spontan: „Was, bei der roten Socke schlafen Sie. Die war nach der Wende hier Bürgermeisterin und hat sich zuvor noch einige Wiesengrundstücke unter den Nagel gerissen. Hier im Ort kann die keiner leiden." Ende des Monologs. Er vertieft sich wieder in seine Zeitung. Moni und ich müssen lächeln. Wen interessiert das noch? Nach fast dreißig Jahren. Fakt ist, denke ich: Eine Begegnung mit Gott wird es hier nicht geben.

Bevor wir zu Bett gehen, wollen wir noch wissen, was es mit dem schwebenden Stein auf sich hat und nehmen das Umfeld unserer Pension genauer unter die Lupe. Der Vorgarten macht einen sehr gepflegten Eindruck. Ein Steingarten mit vielen bunten Stauden zeigt, dass die Eigentümer nicht nur einen grünen Daumen haben, sondern auch eine künstlerische Ader. Und mittendrin steht er. Der schwebende Stein. Ein mehrere Zentner schwerer Findling, der auf einen Metallrohr steht und so einen halben Meter über dem Boden zu schweben scheint. Vervollkommnet wird das ganze künstlerische Ensemble durch einen großen Käfig, in dem sich einige Eichhörnchen tummeln. Wir sind erstaunt. Eichhörnchen sind doch wildlebende Tiere und sehr scheu? Scheinbar nicht, erklärt uns die Wirtin. Schon seit Jahren würden sie und ihr Mann einen gut florierenden Handel mit diesen lustig anzuschauenden Nagern betreiben. Dinge gibt es. Da kann ich nur den Kopf schütteln. Ob die sich wirklich so lustig fühlen, frage ich mich.

Nach einem guten Frühstück machen wir uns wieder auf die Socken. Die Sonne scheint schon kräftig und kündigt einen warmen Tag an. Apropos Socken. Mit gut eingecremten Füßen und frischen Socken nehmen wir die nächste Etappe in Angriff. Da sollte nichts passieren. Noch ein kurzer Blick auf die Eichhörnchen, dann stiefeln wir weiter.

Zweihundert Meter weiter, die gelbe Muschel grüßt von einem mächtigen Baum, sind wir wieder auf dem Pilgerweg. Er führt vorbei an einer großen Wiese, die ein

Elektrozaun umspannt. Diesmal sind aber weit und breit keine Rindviecher zu sehen. Dafür aber ein anderer Bekannter. In seiner kuriosen Bekleidung ist er schon von weitem zu erkennen. Ehrwürden.

„Na, gut geschlafen", fragt er und blinzelt listig.

„Ja! Warum fragst du?", und bleibe stehen.

„Ach nur so. Wollte nur wissen, wie es sich im sozialistischen Lager geschlafen hat."

Ich stutze. Sozialistisches Lager. Was meint er?

„Na, Stichwort rote Socke", hilft er mir weiter.

„Na klar", rufe ich und fasse mir an die Stirn. „Die Herbergswirtin!" Und mir fällt ein, dass die wohl zu DDR-Zeiten aktives SED-Mitglied gewesen sein muss, so wie der Kneipenwirt angedeutet hatte. Selbst heute Morgen hatte sie noch eine zweideutige Bemerkung gemacht, als wir ihr sagten, dass wir bis Coburg wollten. Ob wir einen Ausreiseantrag gestellt hätten, wollte sie daraufhin wissen und lachte dabei. Ich habe nicht gelacht.

„Und nun bist du hier, um uns zu sagen, dass wir wieder von Gottes Weg abgekommen sind", frage ich Ehrwürden. Der nickt und meint, diese Leute hätten mit Gott nichts gemein. Die meisten hätten sowieso nur an ein Stück Papier geglaubt. An ihr Parteibuch.

„Glaube hin, Glaube her. Das kann jeder sehen, wie er will", antworte ich, wohlwissend, dass er recht hat.

„Wo bleibst du denn!" Monika, die wiedermal davongeeilt ist, bleibt stehen und dreht sich um.

„Mit wem hast du grade gesprochen? Hier ist doch niemand."

„Nichts, nichts", entgegne ich und laufe einen Schritt schneller. Als ich mich nochmals umdrehe, ist Ehrwürden verschwunden. Wer weiß, wo ich den wiedersehe.

Trotz Pilgermuschel aller hundert Meter an einem Baum haben wir uns doch verlaufen. Das war die Rache von Ehrwürden. Weil wir bei Andersgläubigen genächtigt haben, denke ich. Moni ist sauer. Dank elektronischer Hilfe aus dem Weltall finden wir, wenn auch mit Umweg, wieder auf den richtigen Weg. Moni freut sich wieder. Oder hat doch Gott im Himmel seine Hände im Spiel? Langsam beginne ich, daran zu glauben.

Es ist Nachmittag, als wir bei strahlendem Sonnenschein den kleinen Ort Almerswind erreichen. Kaffeezeit. Da kommt uns die Dorfgaststätte gerade recht.

„Hallo!", rufe ich einem jungen Mann zu, der gerade aus dem Haus kommt. „Können wir bei Ihnen eine Tasse Kaffee bekommen?" Ohne zu antworten verschwindet er wieder im Haus und kommt nach einer Minute mit einer älteren Frau wieder heraus.

„Ja bitte?"

„Können wir bei Ihnen eine Tasse Kaffee bekommen?", wiederhole ich.

„Wir haben heute Ruhetag. Aber eine Tasse Kaffee kann ich Ihnen kochen" sagt sie. Sie führt uns durch einen dunklen Flur in den Gastraum. Es riecht nach Bauernhof. Wir dürfen am Stammtisch Platz nehmen, während sie in der Küche werkelt. Ich bin froh, nach dem steilen Bergauf und Bergab der letzten Kilometer meine Schultern vom Rucksack zu befreien. Auch Moni atmet erst mal tief durch. Zeit, mich in aller Ruhe umzusehen. Typisch dörfliches Ambiente erkenne ich auf den ersten Blick. Tische, Stühle und sonstiges Mobiliar sind im rustikalen Stil gehalten. Hinter einer gläsernen Schiebetür verbirgt sich ein noch größerer Raum. Der Tanzsaal, vermute ich. Vergnügungsstätte der Dorfjugend. Oder doch nicht? Jedenfalls, so scheint es, hat hier lange nicht mehr der Bär gesteppt.

„Wollen Sie auch ein Stück Kuchen?", schallt es aus der Küche. Moni und ich schauen uns an. Warum nicht? Und wenige Augenblicke später stehen jeweils eine Tasse dampfender Kaffee und ein Stück Rhabarberkuchen vor uns. Die Wirtin gesellt sich zu uns, und es folgt der übliche Plausch über das Woher und Wohin. Früher wäre es hier hoch hergegangen, erzählt sie. Im Nachbarort sei eine Grenzkompanie stationiert gewesen und die Soldaten Stammgäste. Mir fällt ein, dass hier in der Nähe die innerdeutsche Grenze unseren Weg kreuzen müsste.

„Wo wollen Sie denn heute übernachten", fragt sie unvermittelt.

„Na hier im nächsten Ort", antworten wir. „Weißenborn oder so", ergänzt Monika.

„Da gibt es aber keine Gaststätte", antwortet die Wirtin trocken. Plötzlich habe ich das Gefühl, mein Unterkiefer befindet sich auf der Höhe meines Bauchnabels.

„Wie, ääh was" sage ich nach ein paar Sekunden, die ich brauche, um das Gehörte zu verarbeiten.

„Ja, da gibt es keine Gaststätte", bekräftigt sie nochmals.

„Wir haben dort aber angerufen", sagt Moni und schaut mich schulterzuckend an. Die Wirtin hebt nun ihrerseits die Schultern und beginnt den Tisch abzuräumen. Nun ist guter Rat teuer. Was nun. Wir sitzen wie bedeppert am Tisch. Der Schreck ist uns gehörig in die Glieder gefahren. Wo sollen wir schlafen? Für Camping im Freien sind wir nicht eingerichtet. Gott sei Dank gibt es das Internet. Wir suchen die Pension, bei der wir gestern angerufen und ein Zimmer gebucht hatten. Nach einiger Zeit kommen wir hinter des Rätsels Lösung.

„Die Pension, wo wir ein Zimmer gebucht hatten, ist in Weißenbrunn am Berg", sage ich zu Moni. „Und der nächste Ort hier heißt Weißenbrunn vor dem Wald." Wir sind ratlos. Eine Namensverwechslung also.

„Und nun?", frage ich. Wieder nur Schulterzucken. Wir beschließen, die Wirtin um Rat zu bitten. Noch ist es früh am Tag.

„Ich habe zwei Zimmer", antwortet sie. „Aber normalerweise sind die belegt. Ich habe Monteure von der ICE-Strecke untergebracht. Stammgäste sozusagen. Aber einer ist heute nicht angereist. Sie haben Glück. Ich muss es nur frisch beziehen."

Uns fällt ein Stein vom Herzen. Mein Unterkiefer hat auch seine ursprüngliche Stellung wieder eingenommen.

„So viel Glück kann man gar nicht haben", sage ich erleichtert.

„Wenn wir hier nicht Rast gemacht hätten", ergänzt Moni. Aber darüber will ich weiter nicht spekulieren.

Wir könnten einziehen, ruft die Wirtin nach einer Weile. Ein kleines sauberes gepflegtes Zimmer empfängt uns. An jeder Wand ein Bett und ein schon in die Jahre gekommener Schrank lassen uns wie im siebten Himmel fühlen. Da stört es auch nicht, dass wir um fernzusehen ein Fernglas bräuchten. Hauptsache, wir können gut schlafen. Auf unsere bescheidene Frage nach dem Abendessen antwortet die Wirtin, dass sie noch Bratwurst mit Sauerkraut hätte. Schließlich sei heute Ruhetag, entschuldigt sie sich. Dafür aber hausgemacht. Kein Problem. Obwohl schon wieder Bratwurst, sind wir doch froh, etwas Essbares zu bekommen. Glückselig und vor allem gesättigt, legen wir uns zu späterer Stunde ins Bett. Ob hier wohl wieder Ehrwürden seine Hände im Spiel hatte, denke ich noch, bevor ich einschlafe.

Am nächsten Morgen passieren wir, nach geschätzten fünf Kilometern, die ehemalige deutsch-deutsche Grenze.

Völlig unspektakulär. Ein ausgetrockneter Bach, der an seinen Ufern schon zugewachsen ist und über den ein einfacher Holzsteg führt. Sonst ist nichts zu sehen. Kein Zaun, kein Wachturm und auch sonst nichts, was daran erinnern könnte, dass Deutschland mal zweigeteilt war. Lediglich ein verwittertes Schild am Steg steht wie ein einsames Denkmal in der kargen Landschaft.

Weißenbrunn vor dem Wald, unseren eigentlichen Übernachtungsort, passieren wir, ohne je eine Gaststätte oder Pension zu entdecken. Aber das hatte die Wirtin gestern schon gesagt.

Wieder mal geht es bergauf. Nicht so steil und auch nicht so lang ist der Weg, der uns aus Weißenbrunn hinausführt. Aber immerhin. Die Landschaft wird industrieller. Eine Autobahn, den Lärm der dahinrasenden Autos hören wir schon von weitem, schlängelt sich durch die Berge, und ein langer Viadukt der ICE-Strecke überspannt das Tal. Ein Zeichen, dass wir uns Coburg nähern. Aber erst gilt es, ein großes Waldstück zu durchqueren. Mittendrin eine Wegkreuzung, die uns wieder vor ein Rätsel stellt. Rechts, links oder gerade aus. Die Jakobsmuschel zeigt auf geradeaus. Kräftig schreiten wir aus. Bergan natürlich. Oben angekommen, ist Schluss. Nicht nur mit unserer Kraft. Auch mit dem Weg. Wir stehen vor einer Straße, die ins Werweißwohin führt. Verlaufen, stelle ich fest. Hätten an der Waldkreuzung abbiegen müssen, resümiere ich. Moni schaut mich vorwurfsvoll an. Was soll's? Zurück will sie aber auch nicht. Die Straße führt in ein kleines Dorf. Dort stoßen wir dann wieder auf den Pilgerweg, sagt mir ein Blick auf meinen elektronischen Wanderführer. Das hätte ich eher tun sollen. Aber so ist das mit hätte und könnte. Und überhaupt: Wo ist Ehrwürden. Jetzt wäre seine Hilfe nötig. Immer tauchte er wie ein guter Geist in den Momenten auf, die eine besondere Bedeutung hatten. Als hätte ihn jemand für mich organisiert, um meine Pilgerreise zu überwachen. Hat er eine Verbindung zu dem da oben, frage ich mich. Er hat mir mit seinen klugen Worten sehr geholfen. Oder waren das Gottes Worte? Wie auch immer. Scheinbar hat er uns auf den letzten Kilometern verlassen.

Hinter dem Dorf geht es wieder bergauf. Moni und ich spüren unsere Kräfte schwinden. Endlich sind wir oben und werden im selben Augenblick belohnt. Mit einem wunderbaren Blick auf Coburg. Malerisch liegt die Stadt im Sonnenlicht eingebettet in den Bergen des Frankenwaldes. Deutlich erkennen wir die

Stadtkirche St. Moriz, das Ziel unserer Pilgerreise. Wir hätten in dieser Situation überlegen können, eine Pause einzulegen. Aber das wollten wir nicht. Stattdessen bissen wir die Zähne zusammen und liefen weiter. Von nun an ging es bergab. Welche Erleichterung. Der Weg führt durch enge Gassen und grüne Parkanlagen, bis wir endlich vor dem Tor dieses mächtigen Bauwerkes stehen. Der Rucksack fällt von meinen Schultern. Geist und Körper bekommen, was sie verdienen. Ihre Freiheit. Nach einer unendlichen Weile, den Anblick genießend, begeben wir uns hinein und kommen einfach an.

Das Gefühl anzukommen, ist unbeschreiblich. Bilder immer wieder Bilder. Sie brechen förmlich in mich ein. Nie mehr Gedanken daran, ob ich es schaffen werde. Ich war gleichzeitig traurig, weil es vorbei war, und glücklich und stolz, es geschafft zu haben.

Wir suchen uns abseits einen Platz, aber inmitten der Kirche unter dem großen Gewölbe. Die anderen Kirchenbesucher nehmen wir nur im Unterbewusstsein wahr. Plötzlich sehe ich ihn. Ganz vorn, in der ersten Reihe vor dem Altar, sitzt er. Ehrwürden. Ohne sich umzusehen, als wüsste er, dass wir auch da sind, schwenkt er grüßend seinen Zylinder. Ich erhebe mich und eile nach vorn. Dränge mich vorbei an den Menschen, um mich bei ihm zu bedanken. Als ich endlich vorn bin, ich musste so manchen Ellenbogencheck austeilen, ist er weg. Wie immer, denke ich und schüttele nachdenklich meinen Kopf.

„Wo wolltest du denn so eilig hin", fragt Moni erstaunt.

„Ach, mir war so, als hätte ich einen alten Bekannten gesehen", antworte ich und nehme wieder neben ihr Platz. Ohne es selbst zu wollen, beginnen wir Zwiesprache mit Gott zu halten. Was hatten wir bisher geschafft, und wo wollten wir noch hin? war bestimmt nicht nur meine Frage. Eins wusste ich aber schon. Der Jakobsweg war für mich vor allem eine Bestätigung und ein Mutmacher. Und ich habe erkannt, dass ich mit dem meisten in meinem Leben ganz zufrieden bin. Ich öffne die Augen und wische mir eine Träne weg.

Von der Einsamkeit des Langstreckenläufers

„Wenn du ein neues Leben kennenlernen willst, dann laufe Marathon."

Seit Emil Zátopeks Zeiten kennt jeder Läufer diesen Satz. Aber ist das wirklich so? Lernt man wirklich ein neues Leben kennen? Und, was ist das eigentlich, einen Marathon laufen? Na ja, sagen die einen, das sind zweiundvierzig Kilometer, die im Dauerlauf absolviert werden. Zweiundvierzig Kilometer, das ist wie etwa von Halle nach Leipzig.

„Das würde ich nie schaffen", höre ich dann oft, wenn ich dem einen oder anderen erzähle, dass ich Marathonläufer bin. Oder: „Da müsste ich ja verrückt sein." Andere sagen gar nichts und grinsen mich nur mitleidig an. Na ja, ich will mal so sagen: Beide haben recht. So ohne Weiteres schafft man einen Marathon nicht. Man muss sich schon gut vorbereiten. Aber eines ist ganz sicher. Wir Marathonläufer sind verrückte Menschen. Und: Wir werden immer mehr. Zu Tausenden stehen diese Verrückten bei den großen Marathonveranstaltungen in Berlin, Hamburg oder Köln am Start, und in fast jeder Kleinstadt gibt es heutzutage Marathonläufe.

Langstreckenlauf, für mich beginnt er ab Kilometer fünf, ist eine einsame Angelegenheit. Kaum losgelaufen, drehen sich meine Gedanken nur noch um mich. Schon vor dem Startschuss steigt mein Herzschlag rasant an und lässt mich innerlich aufstöhnen. Erst nach fünfhundert Metern wird sich allmählich Normalität einstellen. Normalität, das heißt Arme angewinkelt und Tunnelblick. Was rechts und links passiert, nehme ich nur nebulös wahr.

„He, du kennst mich wohl nicht mehr!", sagte neulich mein Kumpel Paul zu mir. Ich schaute ihn verwundert an. „Na du bist neulich an mir vorbeigelaufen. Ich habe dir zugerufen, aber du hast nicht reagiert." Ich zucke mit den Schultern. Kann sein. Wer weiß, wo ich mit meinen Gedanken war.

Freitags und sonntags schnüre ich gemeinsam mit meiner Frau die Laufschuhe. Falls Sie jetzt denken, dass sei keine Kunst, zu zweit geht es immer besser, dann ist das nur die halbe Wahrheit. „Lauf nicht so schnell. Ich muss erst meine Beine in Schwung bringen", sagt meine Frau mit einem leicht stöhnenden Unterton. Da sind wir gerade mal hundert Meter gelaufen. Dann ist Ruhe. Ich sage nichts. Sie sagt nichts. Wir laufen und schweigen. Jeder hängt seinen eigenen Gedanken nach. Den nächsten Dialog zwischen uns gibt es nach ungefähr fünf Kilometern. Meist sage ich dann: „Wir liegen gut in der Zeit." Als Antwort kommt ein unterdrücktes „Hmm". So laufen wir schweigend weiter. Bis wir wieder zu Hause angekommen sind, haben wir höchstens drei oder vier Sätze miteinander gesprochen.

Bei einem Marathon ist das noch extremer. Zweiundvierzig Kilometer laufen, heißt zweiundvierzig Kilometer kämpfen. Allein. Allein gegen die Hitze der Sonne, allein gegen Wind oder Regen oder beides zusammen und allein gegen sich selbst. Marathon laufen heißt zweiundvierzig Kilometer Einsamkeit. Zweiundvierzig Kilometer allein nur mit sich und seinen Gedanken.

Am Start ist noch alles okay. Ich stehe hier mit einigen Hundert Marathonis, Gleichgesinnten, Laufverrückten oder wie immer man uns nennt. Das Gedränge um mich rum lässt den Außenstehenden nicht ahnen, welchen einsamen Kampf wir gleich ausfechten werden. Noch wenige Minuten bis zum Start. Um mich herum wimmelt es wie in einem Ameisenhaufen. „Mensch, mir ist gar nicht wohl", höre ich zwei sich unterhalten. „Hoffentlich komme ich gut durch." „Du wirst es schon schaffen", macht sein Freund ihm Mut. Laute Musik dröhnt aus Lautsprechern. Jeder bewegt sich, man trampelt auf der Stelle, hüpft hin und her oder lässt die Arme kreisen wie ein Mühlrad. Es wird geplaudert und erzählt. Freunde begrüßen sich oder wünschen sich Glück. „He Pitt, alter Junge. Auch wieder dabei", ruft einer. „Ah, du weißt doch, keine Feier ohne Meier", lacht Pitt. „Na dann, wir sehen uns im Ziel. Wer zuerst da ist, wartet!" Pitt macht eine Faust und reckt seinen Daumen empor. Wer es nicht weiß, glaubt, hier ist Party, hier ist Stimmung. Keine Spur von Einsamkeit. Die letzten zehn Sekunden. Alle zählen rückwärts mit und klatschen dazu in die Hände. „… zwei, eins, null!" Los geht es, ich überlaufe die Startlinie und jetzt, jetzt beginnt sie. Die Einsamkeit. Von jetzt an ist jeder nur noch mit sich selbst beschäftigt. Ich spüre einen leichten Druck in der Blase. Das wird aber vergehen. Spätestens, wenn der erste Tropfen Schweiß fließt. Wahrscheinlich kommt daher das Sprichwort vom Sich-etwas-durch-die-Rippen-Schwitzen.

Mach die Ellenbogen breit, sage ich zu mir. Ein Schubsen und Schieben hat begonnen. Ich muss höllisch aufpassen, um nicht über die Beine anderer zu stolpern. Drei junge Frauen laufen fröhlich plaudernd vor mir her. Es sieht aber eher aus wie tänzeln. Na ja, denke ich. Die haben eben eine andere Radaufhängung. Trotzdem, ich muss da jetzt vorbei. In einem günstigen Augenblick dch ich mich durch sie hindurch. Das geht nicht ohne Rempelei ab. Bitterböse Worte fliegen mir hinterher. Die berühren mich aber nicht. Ich bin mit meinen Gedanken schon woanders. Erst mal fortkommen, denke ich. Weg aus der großen Masse der Läufer. Ich suche förmlich die Einsamkeit.

Nach den ersten zwei Kilometern hat sich das Feld der Läufer auseinandergezogen. Die Abstände sind größer geworden. Immer mehr kann ich mich auf die Strecke und mich konzentrieren. Meine Gedanken beginnen sich zu entfalten. Beginnen durch Raum und Zeit zu schweben. Wir laufen eine Allee entlang. Die Bäume mit ihren dicht belaubten Kronen spenden wohltuenden Schatten. Ein Kuckuck ruft. In Gedanken zähle ich mit. ... dreizehn, vierzehn, fünfzehn ... Bei zwanzig verstummt er. Noch zwanzig Jahre werde ich leben, denke ich. So viele Male der Kuckuck ruft, so viele Jahre wird man noch leben. Das hat mir Großmutter erzählt, als ich noch ein Kind war. Großmutter wusste vieles und konnte vieles. Hatte ich als Kind Halsschmerzen oder mir beim Spiel die Knie aufgeschlagen, dann hatte sie immer ein Mittel parat, gegen das Aua und Wehweh. Das Beste war aber Großmutters Kartoffelsalat. Den konnte sie zubereiten wie kein anderer. Selbst als ich schon erwachsen war, hat sie mir nicht ihr Geheimrezept verraten.

Die erste Getränkestelle kommt in Sicht. Ungefähr fünf Kilometer müssten jetzt vorbei sein, konstatiere ich. Eine Traube von Läufern hat sich vor dem Tisch mit den Getränken gebildet. Noch sind alle Läufer ziemlich dicht beisammen. Auch das wird sich bald ändern. Im Vorbeilaufen greife ich nach einem Becher Wasser, den mir eine freundlich lächelnde Helferin am ausgestreckten Arm hinhält. Ich lächle dankbar zurück, sage aber kein Wort. Ich sehe nur den Becher mit Wasser. Hatte sie nun dunkle oder blonde Haare, überlege ich. Aber da haben sich meine Beine längst wieder in Bewegung gesetzt. Die Läufertraube bleibt zurück.

Die Sonne steigt höher, und es wird immer wärmer. Ein Glück, dass ich meine Mütze aufgesetzt habe. Ein Sonnenbrand ist das Letzte, was ich brauche. Vor einigen Jahren, erinnere ich mich jetzt, hatte ich mal einen Sonnenbrand im Gesicht. Mit der Familie schipperten wir mit einem Boot auf dem Baggersee, der nicht weit von zu Hause entfernt ist. Alle hatten eine Mütze auf. Nur ich nicht. Meine lag noch zu Hause im Schrank, und auf dem Wasser gibt es keinen Schatten. Aus Schaden wird man klug.

Die Strecke biegt jetzt nach rechts in einen Waldweg ein. Einige Meter vor mir laufen drei Männer und zwei Frauen. Wie viele noch nach mir kommen, weiß ich nicht. Das ist mir auch ziemlich egal. Hauptsache, ich komme gut im Ziel an. Noch läuft alles gut. Nur nicht aus dem Rhythmus kommen, sage ich mir immer wieder. Es spielt für mich keine Rolle, ob ich schnell oder langsam laufe, solange ich nicht stehen bleibe. Längst bewegen sich meine Beine wie von einem Uhrwerk aufgezogen. Der Wald spendet Kühle. Das tut mir gut. Wie viele Kilometer werde ich schon gelaufen sein? Verstohlen blicke ich auf meine Uhr. Das mache ich sonst nicht. Aus Aberglauben sehe ich sonst immer erst kurz vor dem Ziel auf meine Uhr. Fünfundvierzig Minuten bin ich schon unterwegs. Das sind bei diesem Tempo ungefähr sieben oder acht Kilometer, schätze ich. Da bin ich noch weit vom Ziel entfernt.

Einen von den fünf Läufern vor mir habe ich jetzt eingeholt. Einen Mann, etwas jünger, aber kräftiger als ich. Mit kurzen gleichmäßigen Schritten bewegt er sich

vorwärts. Seinen Oberkörper hat er weit nach vorn gebeugt, und sein Atem geht keuchend. Der Ansatz zu einem
kleinen Bierbauch ist nicht zu übersehen. Schweigend laufen wir nebeneinander her. An seiner Stelle hätte ich mir
eine kürzere Strecke ausgesucht, denke ich. Hoffentlich
hält er durch. Ich wünsche es ihm. Nach einem knappen
und wortlosen Kilometer bleibt er langsam zurück.

Der Wald wird dichter. Die Baumkronen lassen jetzt
kaum noch einen Sonnenstrahl durch. Ich beginne zu frös-
teln. Erst war ich froh, dass ich aus der Sonnenglut raus
war, jetzt wünsche ich mir sie wieder her. Soweit ich das
aber erkennen kann, scheint der Weg schier endlos zu sein.
Und immer geradeaus. Die Wurzeln der Bäume, die quer
über den Weg verlaufen, verlangen höchste Konzentra-
tion. Einen schwarz glänzenden großen Käfer, der zwischen den Wurzeln umherkrabbelt, nehme ich kaum wahr.
Rechts flüchtet mit kühnem Sprung ein Frosch ins dichte
Gras.

Endlich wird es wieder heller. Der Waldrand kommt
in Sicht und mit ihm die nächste Versorgungsstelle. Diesmal stehen weniger Läufer davor. Becher mit Wasser und
Fruchtsaft stehen aufgereiht bereit. Auch Äpfel und Bananen sind vorhanden. Mein Magen hatte bereits mitgeteilt,
dass er Nachschub benötigt. Gierig greife ich nach einem
Stück Banane. Mir fällt ein, dass es das schon einmal gab.
Das ist schon einige Jahre her. Da wollten auch alle die
Banane. Eine Regierung wurde gestürzt. Wegen der Banane. Als die Mauer fiel, erinnere ich mich, war ich gerade
in Berlin. Zu viert sind wir rüber, um unsere erste D-Mark
in Empfang zu nehmen. Eine unendlich lange Schlange
stand vor der Geldausgabe. Dann fuhr ein LKW vor. Fahrer und Beifahrer öffneten die Ladepritsche und begannen,
Bananen und anderes Obst zu verteilen. Hunderte Hände

reckten sich ihnen entgegen. Ein Bild mit Symbolkraft. Später warfen die beiden die Bananen nur noch wahllos in die Menge. Inzwischen ist die Banane etwas Alltägliches. Aber heute und hier, bei diesem Marathonlauf, da recken sich wieder unsere Hände nach der Banane. Heute füllt sie hungrige Läufermägen. Ist Energiespender für die nächsten Kilometer. Langsam und bedächtig kaue ich, bevor ich jeden Bissen runterschlucke. Noch ein Schluck Wasser hinterher, dann setze ich meine Beine wieder in Bewegung.

Mehr als drei Stunden bin ich nun schon unterwegs. Der Erste ist bestimmt schon im Ziel, denke ich. Die Strecke führt jetzt auf einem Radweg, dicht neben einer viel befahrenen Hauptstraße entlang. Es geht leicht bergan. Seit der letzten Versorgungsstelle weiß ich, dass hinter mir zwei Läufer sind. Hundert Meter vor mir läuft einer, und noch weiter vorn erkenne ich auch noch einen. Sonst ist weit und breit kein Läufer weiter zu sehen. Aber mindestens fünfzig sind noch hinter mir. Der Kampf wird immer schwerer. Mein Unterkiefer beginnt zu schmerzen. Eine Folge der sprachlosen Einsamkeit. Es gibt zwei Möglichkeiten, denke ich: Entweder ich erhöhe mein Tempo, bis ich den vor mir Laufenden eingeholt habe, um mit ihm ein paar Worte zu wechseln, oder ich lasse mich sacht zurückfallen, um mit den nachfolgenden zu schwätzen. Beides erscheint mir nicht sinnvoll. Scheller laufen kostet Kraft, die mir am Ende fehlt. Langsamer laufen bringt mich auch aus meinem Trott und damit in die Gefahr, noch weiter zurückzufallen. Bleibt noch eine dritte Möglichkeit: Unterkiefergymnastik. Hin und her, hoch und runter bewege ich meinen Unterkiefer, damit die Kaumuskeln besser durchbluten. Langsam wird es besser. Bis zur nächsten Getränkestelle muss es nicht mehr weit sein, tröste ich mich. „Wir laufen, weil wir es genießen und nicht anders können", hatte mir mal ein erfahrener Marathoni erzählt, aber im Moment verspüre ich keinen Genuss. Und anders kann ich auch nicht. Alles an mir funktioniert automatisch. Der rote Schalter in meinem Kopf steht noch auf „Ein". Würde der aber umgelegt, dann ist dieser Marathon für mich vorbei. An dieser Stelle kommt der nächste Gegner ins Spiel. Die Angst. Die Angst, nicht ins Ziel zu kommen. Die Angst, dass mein innerer Schweinehund den roten Schalter umlegt. Die Gedanken an Bestzeit, von der ich am Start noch träumte, sind längst verflogen. Ich will nur noch sicher sein, dass ich es schaffe.

Wieder geht es durch einen Wald. Wieder verlangen die knorrigen Wurzeln der Bäume meine volle Aufmerksamkeit. Dem vor mir Laufenden bin ich ein Stück nähergekommen. Einholen werde ich ihn bis zum Ziel nicht mehr. Die letzte Getränkestelle liegt schon einige Kilometer hinter mir. Es gab Cola. Cola setzt die letzten Energiereserven frei. Cola beflügelt auf dem Weg ins Ziel. Es geht noch einmal rechts rum. Eine asphaltierte Straße führt direkt bis ins Ziel. Noch einen Kilometer, zeigt ein Schild an. Musik ist bereits zu hören. Automatisch erhöht sich mein Tempo. Das große Zieleinlauftor ist greifbar nahe. Mein Herz rast vor Anstrengung. Freunde kommen mir entgegen. Sie jubeln lautstark und klatschen in die Hände. Ich höre meinen Namen. Jetzt bringe ich erst recht kein Wort über meine Lippen. Ich kann nur noch winken und lächeln. Dann ist es geschafft. Der Kampf beendet. Der Kampf gegen mich und viele Kilometer Einsamkeit. Meine Frau kommt mir mit einem erfrischenden Getränk entgegen. „Danke", sage ich. Damit ist die Zeit der Sprachlosigkeit vorbei.

Vorbei? In Wahrheit geht ein Marathon nie zu Ende. Das ganze Leben ist ein Marathon. Seine Auswirkungen

prägen ein Leben lang. Den Körper, den Geist, die Lebens-
geschichte und das Selbstverständnis.

Die Helden auf dem grünen Rasen

Vom Fußball in der Bundesliga sind die beiden Fußball-
mannschaften, die gerade das Spielfeld betreten, meilen-
weit entfernt. Aktuell spielen die Jungs, der Jüngste mag
erst zwanzig Jahre sein, in der zweiten Kreisklasse. Zwei
sind dabei, deren Haare schon leicht ergraut sind. Die anderen liegen, vom Alter her gesehen, irgendwo dazwischen. Auch der Bodymaßindex liegt bei einigen zwischen
Gut und Böse. Eigentlich eher böse. Dennoch spielen sie
ziemlich erfolgreich. Warum also nicht mal über Fußball in
der zwölften Liga schreiben, dachte ich mir. Die Jungs in
den unteren Spielklassen lechzen doch immer ein wenig
nach Öffentlichkeit.

Es ist wieder Wochenende. Ein Sonntagnachmittag im
April. Die Sonne scheint vom fast wolkenlosen Himmel,
und die Temperaturen haben sommerliche Werte erreicht.
Der Rasen sieht nicht ganz ordentlich aus im Vergleich zu
anderen Plätzen. Aber die einfache gepflegte Rasenfläche
ist vor allem eins. Fußballtauglich. Für deren Pflege enga-
giert sich seit Jahren ein über 80-jähriges Vereinsmitglied.
Freiwillig und uneigennützig. Eben aus Liebe zum Fußball.
Ein Ball, ein Platz, sei es nun vor einer Waldkulisse, vor
Industrieschloten oder mitten in einem Wohngebiet. Dazu
ein paar Enthusiasten. Was braucht es mehr, um Fußball
zu spielen? Solche Szenen spielen sich an jedem Wochenende und überall in Deutschland ab.

„Fußball ist mehr als die Jagd nach Toren und Punkten. Fußball ist Sport, Leidenschaft und Spaß", erzählt der Mannschaftskapitän. Mit seinen angegrauten Haaren könnte man vermuten, dass sein Renteneintritt nicht mehr fern ist. Es mache ihm eben Spaß, erzählt ein anderer. Klein und korpulent, nicht wie ein Profi mit eins-achtzig Körpergröße und Sixpack, hat er in puncto Schnelligkeit immer wieder das Nachsehen. Wenn sein Gegenspieler zum Sprint ansetzt, hat er keine Chance hinterherzukommen. Dann bleibt nur die Notbremse. Blutgrätsche nennen es die Spieler. Der Trainer hält sich dann jedes Mal die Augen zu und flucht lautstark. Beim Fußball wird eben viel Laufarbeit von jedem verlangt. Laufen, laufen und nochmals laufen. Auch wenn der Kopf rot wie eine Tomate ist oder die Schnappatmung einsetzt. Jeder ist mit Leib und Seele dabei, auch wenn es mal haarig zugeht auf dem Platz. Einmal pro Woche ist Training. Berufsbedingt kann aber nicht jeder regelmäßig teilnehmen. Wenn er irgendwann aber wiederkommt, wird er nicht verteufelt, sondern willkommen geheißen. Man braucht halt jeden, der irgendwie mit dem Ball umgehen kann.

Inzwischen haben die Mannschaften ihre Vorbereitungen beendet, und der Schiedsrichter, ein ebenfalls ergrauter Endfünfziger, führt die Mannschaften auf das Spielfeld. Heute mit fünf Minuten Verzögerung, weil er zu spät bemerkte, dass sein Hemd die gleiche Farbe hat wie die Trikots der Gastmannschaft. Also flugs zurück in die Umkleidekabine und das gelbe Reservehemd übergezogen. Sein dicker Bauch, den er vor sich herschiebt, bringt ihn schon vorab ins Schwitzen. Das sei ihm noch nie passiert, erzählt er keuchend. Seit fünfzehn Jahren ist er im Einsatz, und bis zu sechsmal pro Monat leitet er Spiele in der

Kreisklasse. Die Spieler sehen es gelassen. Man kennt sich inzwischen.

Auf und ab wogt das Spielgeschehen. Der Schiedsrichter keucht ebenso wie die Akteure. Rassige Zweikämpfe um den Ball, schnelle Sprints und heiße Spielszenen vor den Toren beider Mannschaften wechseln sich ab. Der Schweiß fließt in Strömen. Immer wieder eilt mal einer an die Seitenlinie, weil dort ein Eimer mit kaltem Wasser steht. Schnell ein Handvoll davon ins Gesicht, dann sprintet er zurück auf seine Position. Weiter geht es. Irgendwann liegt bäuchlings ein Mann im Trikot auf dem Platz. Umgerannt oder umgebolzt. So genau hat es keiner gesehen. Vielleicht war es gar der Korpulente. Alle sprechen von einem Foul. Daneben stehen der Schiedsrichter und zwei Mitspieler und sehen ratlos zu. Der Ball liegt im Aus, aber das interessiert im Moment sowieso niemanden. „Hey Schiri, nun komm schon, das war kein Foul. Der lacht doch schon wieder", ruft der Trainer von der Seitenlinie dem Schiri zu. Der hat es wahrlich nicht leicht. Schiri zu sein, heißt nicht nur mit Pfeife und gelber oder roter Karte zu agieren. Wenn das Spiel hin und her wogt, muss er seine Augen überall haben.

Die wenigen Zuschauer, einige Herren am Spielfeldrand, verfolgen das Geschehen von einer Bank. Daneben ein Kasten Bier. Mancher hat schon zugegriffen. Man diskutiert und kommentiert jede Szene. Die Zunge sitzt locker.

Auf dem Platz wird geflucht, gegrölt und gelacht. Es ist halt Fußballwochenende, und solche Szenen spielen sich überall auf den Fußballplätzen in Deutschland ab.

Aber nicht nur das Geschehen auf dem Platz ist interessant. Auch die kleinen und großen Dramen auf und neben dem Spielfeld sind spannend. Da sind die Fans, die im

Vereinsheim fachsimpeln. Anderswo ein Spieler, der den Ball aus einem Wassergraben fischt oder wenn die Spieler bei Schnee oder Regen, manchmal noch verkatert oder verletzt über das Feld rennen. Wenn der Torwart dem Ball hinterher zu seinem Kasten sprintet. Davor eine riesige Schlammpfütze. Fußball kann so grausam sein, denkt man sich. Und doch ist es irgendwie schön.

Ein Pfiff ertönt. Das Spiel ist aus. Niedergeschlagen die einen, jubelnd die anderen, gehen die Spieler zurück in die Kabinen. Fußball lebt von Emotionen. Bis heute. Von der höchsten Spielklasse bis zur dritten Kreisklasse. Wäre es nur ein Spiel mit Regeln, wäre Fußball auf der ganzen Welt nicht so groß geworden. Es wird gefiebert und gelitten. Es wird geküsst, geweint und getanzt. Männer – auch Frauen – zeigen große Gefühle. Das Spiel, ein Gemeinschaftsprojekt der Spieler und Trainer. Und der Fans. Zusammengehörigkeit, Identität und Liebe. All das kommt auf dem grünen Rasen zusammen.

An der Kabinentür hängt unübersehbar ein Strafenkatalog, der bei Verstößen die Gebühren auflistet: von unentschuldigtem Fehlen beim Training 5 Euro über Fußballschuhe vergessen 10 Euro bis hin zu betrunken zum Spiel erscheinen 25 Euro. Man reißt sich die verschwitzten Trikots vom Leib und streift die Schuhe von den Füßen. Schweißgeruch breitet sich aus.

„Die schmeißen nach nur einer Stunde das Handtuch, und ich habe gestern extra nichts getrunken", schimpft einer und meint damit die gegnerische Mannschaft. „Na ja vier Bier habe ich gestern Abend schon getrunken", erwidert ein anderer und geht unter die Dusche. So ist das an jedem verdammten Sonntag in Deutschland.

Die türkische Reise

Von den Segnungen der modernen Kommunikation

Seit einigen Jahren besitze ich einen Computer. Mit Internetanschluss natürlich. Seitdem erledige ich meine Post zum großen Teil per E-Mail. Das spart viel Zeit und Papier. Nachrichten, einmal geschrieben, sind in Sekundenschnelle beim Empfänger. Mit ein wenig Glück hat man nach wenigen Minuten schon eine Antwort. Wer so wie ich die Segnungen der modernen Technik nutzt, wird diese auch manchmal verfluchen. Warum? Seit ich diese Möglichkeit der Nachrichtenübermittlung nutze, bekomme ich unzählige auch ungewollte Briefe. Briefe mit Werbung und Angeboten aller Art. Welches das beste Auto ist, wo ich den günstigsten Kredit bekomme und dass ich gerade mal wieder etwas gewonnen habe. So geht das Tag für Tag. Meist drücke ich dann auf die Taste „Entfernen", und alles ist gelöscht. Unwiderruflich!

Aber einmal habe ich mich doch breitschlagen lassen. Wieder ist so ein Brief gekommen. „Ihre Reise in die Türkei", lese ich als Erstes. Ich öffne die Datei und – habe gewonnen. Weil ich an einem Gewinnspiel teilgenommen habe, bin ich der Gewinner einer Reise in die Türkei. Nur einen geringen Betrag als Selbstbeteiligung soll ich selbst zahlen. Flughafengebühr und Kerosinzuschlag. Alles in allem nicht ganz einhundert Euro. In meinem Kopf kreiseln

die Gedanken. Soll ich oder soll ich nicht? Das „ich soll",
gewinnt schließlich die Überhand. Die nächste Seite bringt
es an den Tag. Sieben Übernachtungen mit Halbpension
im Viersternehotel. Dazu Hin- und Rückflug sowie Ausflüge zu türkischen Sehenswürdigkeiten. Langsam wird die
Sache spannend. Warum nicht mal in die Türkei, denke
ich? Das ist doch sicher auch ganz schön? Meine Gedanken fliegen voraus. Ich sehe mich bereits im Mittelmeer
baden und bei strahlend blauem Himmel am Strand einen
kühlen Drink genießen. Ich lächle im Stillen. Dennoch, ein
Funken Misstrauen ist noch vorhanden.

Zum Glück entdecke ich die Adresse des Veranstal-
ters. Kurzerhand greife ich zum

Telefon, wähle die Nummer, und schon habe ich eine
freundliche Mitarbeiterin am anderen Ende der Leitung.
Die bestätigt alles, was ich bisher gelesen habe. Nur die
Ausflüge, meint sie, die müssten wir selbst zahlen. Noch
am selben Abend bespreche ich das mit meiner Frau. Die
wollte schon immer mal in den sonnigen Süden. Nach zwei
Tagen Diskussion über Für und Wider beschließen wir,
uns auf dieses Abenteuer einzulassen. Und hundertfünfzig
Euro pro Person für die Ausflüge. Na ja! Man gönnt sich
ja sonst nichts! Nur wenige Mausklicks genügen, und
schon ist die Reise gebucht. Wenige Tage später liegen die
Reiseunterlagen bereits im Briefkasten. Nur weiß ich immer noch nicht, an welchem Gewinnspiel ich teilgenommen habe, aber das interessiert mich schon nicht mehr.
Nachts träume ich von Palmen, Sonne und Meer. Das
Abenteuer Türkei kann beginnen.

So ein Flughafen hat was. Flugzeuge starten und landen, Leute kommen und gehen. Vor dem großen Empfangsgebäude, heutzutage Terminal genannt, fahren ununterbrochen Taxis vor. Sie speien Leute und Gepäck aus und fahren sofort weiter. Hundert Meter weiter wird neue menschliche Ladung übernommen. Hektische Betriebsamkeit, wohin man schaut.

Kalt und regnerisch ist es draußen, als wir unsere Koffer packen. Es ist Ende März, und der Frühling verkriecht sich hierzulande noch hinter dicken regenschweren Wolken. Gerade die richtige Jahreszeit, um in südlicheren Gefilden dem Alltag zu entfliehen und Sonne zu tanken.

Bereits eine Stunde vor der Zeit finden wir uns auf dem Flughafen ein. In der großen Empfangshalle ist ein Gewimmel wie in einem Ameisenhaufen. Menschen hasten hin und her. Große und kleine Koffer hinter sich herziehend. Bunte Leuchtreklame, wohin man schaut. Eine Mutti hat ihre kleine Tochter an der Hand, die ihren Teddy fest im Arm hält, damit der in dem Gedränge bloß nicht verloren geht. Ein Mann, elegant gekleidet, schreitet sicheren Schrittes zu einem Flugschalter. In der Hand einen schwarzen Aktenkoffer. Für ihn, so scheint es, ist Fliegen so etwas wie für andere Autofahren. Aus Lautsprechern ertönt immer wieder eine freundliche, weibliche Stimme, die informiert, welches Flugzeug in Kürze startet oder landet oder wo Klein Emmy abzuholen ist, die ihre Mutti verloren hat.

Seit wir von zu Hause weggefahren sind, habe ich Schmetterlinge im Bauch. Das letzte Mal bin ich vor dreißig Jahren in ein Flugzeug gestiegen. Da musst du jetzt durch, mache ich mir Mut. Wir suchen unseren Schalter und finden ihn ganz am Ende der langen Halle. Aber noch ist der geschlossen. Auf einer Bank in der Nähe des Schalters machen wir es uns bequem. Nach und nach finden sich immer mehr Reisende ein. Nach einer endlos erscheinenden Stunde wird der Schalter endlich geöffnet. Sofort bildet sich eine Schlange wartender Menschen. Deutsche Disziplin, stelle ich fest. Langsam, Schritt für Schritt geht es vorwärts. Endlich stehen wir am Schalter. Zwei freundliche Mitarbeiterinnen lächeln uns an. Unsere Koffer stellen wir auf ein Transportband, und schon sind sie wie von Zauberhand in einem Tunnel verschwunden. Zur Gepäckkontrolle. Hoffentlich sehe ich die genauso wieder. Den beiden Damen geht alles routiniert von der Hand. Warum sollte ich also zweifeln? Wir legen Buchungsbestätigung und Ausweise vor und erhalten unsere Flugtickets. Wieder sind wir der südlichen Sonne ein Stück nähergekommen.

Noch zwei Stunden bis zum Abflug. Langsam schlendern wir die lange Halle entlang. Vorbei an Stehcafés, Boutiquen und Reisebüros. Reisen in alle Teile der Welt werden hier angeboten. Wer will, kann noch schnell einen Kaffee trinken oder einen Snack zu sich nehmen. Sommerkleidung wird angeboten. Habe ich auch meine Badehose eingepackt? Meine Frau durchforscht die Blusen und Kleider einer Boutique. Das dauert, und ich muss mich in Geduld üben. Am liebsten würde ich schon in Flieger sitzen, so aufgeregt bin ich. Was soll das erst im Flieger werden.

Endlich ist meine Frau fündig geworden. Eine bunte Sommerbluse hat sie erstanden. Die passt noch ins Handgepäck.

Schlendernd nähern wir uns der Abflughalle. Personenkontrolle. Unser Handgepäck wird durchsucht. Die Zöllner sehen mit versteinertem Gesicht akribisch in jeden Winkel unserer Taschen. Den Gürtel der Hose muss ich ablegen. Sind wir Bombenleger? Und wenn die Hose rutscht? Keine Antwort aus dem ausdrucklosen Mund.

„Zone no Back" steht am Eingang zur Wartezone. Es kribbelt wieder in meinem Bauch. Alle Plätze zu unserem Flugsteig sind leer, während in der nebigen hektische Betriebsamkeit losbricht. Die Passagiere dort drängen zu ihrem Flugzeug. Wo mögen die wohl hinfliegen? Für uns heißt es aber erst mal noch warten. Wir suchen uns einen Platz, von wo aus ich das Geschehen gut überblicken kann. Unser Flieger steht schon an der Gangway. Mechaniker hantieren noch daran herum. Hmm? Das Kribbeln in meinem Bauch verstärkt sich. Von einem Tankauto wird Kraftstoff übernommen. Ich kann den Piloten im Cockpit erkennen. Dann wird es lebendig. Alle erheben sich von ihren Plätzen. Meine Aufregung steigt wie lange nicht. Moni nimmt es gelassen. Die Türen öffnen sich, und alle drängen ins Innere des Flugzeuges. Jedem wird sein Platz zugewiesen. Wir sitzen bequem wie in einem Kleinwagen. Drei Stunden müssen wir so aushalten.

Unmerklich gibt es einen Ruck, und langsam bewegt sich unser Flieger von der Gangway weg. Das Flugzeug rollt zum Start. Dann, die Turbinen heulen auf, und mit ohrenbetäubendem Lärme jagt die Maschine über die Startbahn. Ich halte die Luft an, und schon geht es wie im Fahrstuhl nach oben gen Himmel. Mir sitzt ein Kloß im Hals. Monika schaut neugierig nach unten, ich stur gerade aus. Nur aus den Augenwinkeln erkenne ich, wie die Lichter des Flughafens immer kleiner werden. Es ruckelt und rüttelt, und das Flugzeug neigt sich zur Seite. Scheinbar fliegt es einen Bogen. Schweiß bildet sich auf meiner Stirn. Zehn Minuten später ist alles vorbei. Wir hätten unsere Reiseflughöhe erreicht, informiert der Pilot. Es wird ruhiger in der Kabine. Die Triebwerke rauschen monoton und lassen mich ruhiger werden. Noch knapp drei Stunden bis zum sonnigen Süden.

Sieben türkische Tage

Endlich sind wir gelandet. Ich verhehle nicht, dass ich froh darüber bin. Das Rütteln und Schütteln, das Auf und Ab während des fast dreistündigen Fluges hat nicht gerade zu meinem Wohlbefinden beigetragen. Ich bin froh, wieder festen Boden unter den Füßen zu haben. Das Auschecken geht zügig vonstatten. Überall stehen respekteinflößende schwerbewaffnete Polizisten. Fünfzehn Minuten später halten wir unsere Koffer wieder in den Händen. Und nun? Wie weiter in dem fremden Land?

Es ist bereits zweiundzwanzig Uhr. Draußen vor der Abfertigungshalle kommen Busse an und fahren vollbesetzt wieder ab. Aber mit welchem müssen wir fahren. Unsere Reisenummer ist nirgends angeschrieben. Wir gehen noch mal zurück in die große Halle. Die ist inzwischen leer. „Vielleicht haben wir etwas übersehen", sagt meine Frau. Und tatsächlich! Abseits am Eingang steht bewegungslos eine kleine unscheinbare Person. Ein Mann, wie wir erkennen. Dick in eine schwarze Jacke und einen Schal eingehüllt. Die Wollmütze weit über die Ohren gezogen. Er scheint zu frieren, obwohl fast zwanzig Grad Lufttemperatur angezeigt werden. Um seinen Hals hängt ein Schild aus Pappe mit einer Nummer. Mit unserer Reisenummer. „Hallo, seid ihr die Leut aus Leipzisch?", spricht er uns unvermittelt an.

„Ja!", sage ich und nicke. Jetzt wird der Mann lebendig.

„Hallo, isch bin Mustafa, eure Reiseleiter. Willkommen in Antalya. Müssen noch warten auf die andere Leut. Flugzeug aus Münschen und Frankfurt haben Verspätung."

Wir machen lange Gesichter. Warten wollen wir nicht.

„Aber warte mal", sagt Mustafa, „ich rufe euch Taxi. Dann könnt ihr schon in Hotel fahren."

Mustafa kramt sein Handy hervor und wählt eine Nummer. Nach zwei Minuten heftiger Diskussion mit seinem Gesprächspartner ist alles okay. „Taxi kommt. Alles okay!", versichert uns Mustafa.

Plötzlich macht er uns ein überraschendes Angebot! „In Hotel gibt für euch nur Frühstück. Wenn ihr bei mir bezahlt sechzig Euro jeder, dann bekommt ihr auch Essen zu Mittag und zu Abend." Das Angebot sei sehr günstig und nur jetzt und hier, erklärt er uns. Meine Frau und ich sehen uns verdutzt an. Dass wir die ganzen Tage nicht nur mit Frühstück überstehen, ist uns wohl klar. Unsere finanziellen Mittel für Gaststättenbesuche sind eingeplant. Aber dieses Angebot ist mehr als günstig. Obwohl, misstrauisch sind wir schon. Wir sehen uns ratlos an.

„Angebot sehr günstig! Nur jetzt und hier", beteuert Mustafa eindringlich. Wir lassen uns auf den Deal ein. Wieder telefoniert Mustafa, und im gleichen Moment fährt auch das Taxi vor. Ein luxuriös ausgestatteter Kleinbus. Nur für uns, denke ich? In meinem Bauch beginnt es wieder zu kribbeln.

„Hoffentlich ist das keine Falle", raunt mir meine Frau ängstlich zu. Zu Recht. Wir sind in puncto Türkeiurlaub noch unbedarft. Es geht alles gut. Nach dreißigminütiger Fahrt durch eine von bunten Leuchtreklamen fast taghell erleuchtete Stadt halten wir vor einem ebenso hellerleuchteten Hotel. Der Rest ist schnell erzählt. Einchecken,

Schlüssel empfangen und ab in das Zimmer. Todmüde fallen wir in unsere Betten.

Die Sonne scheint in unser Zimmer und kitzelt mir die Nase. Ich erwache und öffne die Augen. Die türkische Sonne blendet mich für einen Augenblick. Ich trete ans Fenster, schiebe die Gardine zur Seite und sehe das Meer. Das wunderbar blaue Mittelmeer. Rechts erhebt sich das schneebedeckte Atlasgebirge, und links habe ich einen wundervollen Blick auf die Altstadt und den Hafen. Ein Anblick wie auf einer Postkarte.

Plötzlich erklingt ringsum von den Türmen der Moscheen ein merkwürdiger Gesang in türkischer oder arabischer Sprache. Ein kurzer Moment genügt, um zu begreifen, dass wir im Orient angekommen sind. Der merkwürdige Gesang kommt vom Muezzin, der alle Moslems zum Gebet ruft. Verschlafen tritt Moni neben mich und ist genau wie ich überwältigt von dem schönen Ausblick. Wir sind im Orient. In der Türkei. Unsere Winterjacken verbannen wir für sieben Tage tief im Koffer.

Eine Stunde später sitzen wir am Frühstückstisch des rundum verglasten Speiseraumes. Das Speisenangebot ist reichhaltig. Meist typisch türkisch. Herz, was willst du mehr.

Das Umfeld des Hotels gleicht einem Park. Mit blühenden Bäumen, Blumenrabatten und Liegewiese. Eine Terrasse bis ans Meer, das sauber und glasklar ist. Wir lassen uns den Seewind um die Nase wehen. Nur wenige Urlauber sind zu sehen. Noch ist nicht Hochsaison.

Mustafa erscheint. „Wir müssen Organisatorisches klären. Bitte!", und winkt freundlich lächelnd zur Begrüßung. In einem Raum, in dem gewöhnlich Vorträge gehalten werden, treffen wir die Urlauber aus München und Frankfurt. „Mir san erst heit morgen um zwa in die Bett kumma", erzählt uns eine verschlafen aussehende Frau aus Bayern. Auch die anderen, meist aus dem Saarland, sind mit über zwei Stunden Verspätung in Frankfurt gestartet. Da hatten wir aus dem Osten Glück.

Und nun sitzen wir hier, lauschen Mustafas Worten, was uns in den sieben Urlaubstagen erwartet. Mit Stadtrundfahrt, diversen Besichtigungen und einem Schiffsausflug. Ein Ausflugspaket mit allen Drum und Dran. „Ganze Paket kostet nur einhundertfünfzig Euro. Ist Superangebot", beschwört er uns. „Und nur hier und heute", ergänze ich laut. Alles lacht. Auch Mustafa.

Wir Grünlinge in Sachen Türkeiurlaub wollen so viel wie möglich von dem Land sehen und bezahlen brav unseren Obolus. Wer jetzt denkt: Menschenskind eine Reise gewonnen mit allen Drum und Dran und für wenig Geld, der irrt. Bekanntlich wissen wir, dass kein Mensch auf dieser Welt etwas zu verschenken hat. Am allerwenigsten Geld. Also, wo ist der Haken an der ganzen Sache. Ich überlege. Unterkunft und Verpflegung sind gut. Das kann es also nicht sein. Mein Blick fällt auf das rote Bändchen, das wir am Handgelenk tragen müssen, und ich beginne dessen Bedeutung zu ahnen. Später wird mir richtig klar, dass mich mit dem Bändchen das Hotelpersonal von den anderen Gästen unterscheiden kann. Rotes Bändchen bedeutet Selbstzahler, gelbes Bändchen alles, also auch Getränke an der Bar, sind im Reisepreis mit enthalten. All inclusive, sagt der routinierte Türkeiurlauber. Dann lässt Mustafa die Katze vollends aus dem Sack.

„An dritte Tag wir fahren in andere Hotel an türkische Westküste. Etwa sechshundert Kilometer von hier. Dort werden wir übernachten zweimal. Auf Hinfahrt gibt es eine Besichtigung von Schmuckfabrik und auf der Rückfahrt besichtigen wir Teppichmanufaktur und Lederschneiderei." Aha, denke ich und stoße meine Frau an. „Das ist der Haken", flüstere ich ihr zu. Ich sehe in ihre fragenden Augen. „Na ja, wir sollen kaufen. Umsatz machen. Verstehst du?" Jetzt geht ihr ein Licht auf. „Du meinst, das ist alles eine Verkaufsfahrt?" Ich nicke und lächle ihr zu. Jeder macht sich jetzt so seine eigenen Gedanken, während Mustafa weitererzählt.

„Heute ist kleiner Ausflug mit Bus geplant. Zum Kennenlernen von Gegend", sagt Mustafa. „Morgen Vormittag dann Flussfahrt und Nachmittag Besichtigung eines alten türkischen Dorfes. Übermorgen Stadtrundfahrt und Besichtigung einer Moschee …" Mustafa hört gar nicht auf zu erzählen. Alles hört sich äußerst spannend an. Irgendwann ist seine Rede beendet. Alle erheben sich, und Mustafa begleitet uns zum Bus. Der wird uns für die Zeit unseres Aufenthaltes zur Verfügung stehen. Der Fahrer, ein langer hagerer Mann, hat für Getränke und kleine Snacks gesorgt. Die sind bei den sommerlichen Temperaturen höchst willkommen, und die Preise sind zudem moderat. Wir sind zufrieden.

Antalya ist eine Touristenmetropole. Mustafa erklärt uns alles. Von der Geschichte Antalyas, ihrer Entstehung und deren Entwicklung bis in die heutige Zeit. In der Altstadt haben wir eine Stunde Zeit, uns zu Fuß auf Entdeckungstour zu begeben. Wohin wir auch sehen, überall umgibt uns orientalisches Flair. Wir sind beeindruckt und begeistert. Für den nächsten Tag ist eine Flussfahrt auf dem Manavgat mit einem historisch nachgebauten Schiff vorgesehen. Bis zur Mündung ins Mittelmeer geht die Reise. Mittagessen Forelle satt mit Kartoffelsalat. Am Nachmittag besichtigen wir eine alte Römerbrücke und eine Orangenplantage. Jeder darf sich einige Orangen selbst pflücken. Fünf Euro will der Besitzer dafür haben.

Nichts ist umsonst. Eine alte Frau kommt auf mich zu. „Gute Tag, mein Herr. Ich dir machen ein Geschenk." Sie streckt mir ihre Hand, in der sie eine Baumwollblüte hält, entgegen. „Danke! Das ist sehr freundlich."

„Jetzt du mir ein Geschenk machen. Du mir schenken einen Euro."

Ich bin für einen Moment verdutzt. Muss dann aber lächeln. Aus meiner Hosentasche fische ich eine Euromünze und drücke sie der alten Frau in die Hand. Tief verbeugt sie sich vor mir, und ich sehe für einen winzigen Augenblick ihre glücklichen Augen. Nichts ist umsonst.

Nach dem Abendessen wollen wir noch ein Glas Wein in der Hotelbar genießen. Die Bar ist proppenvoll. Gerade noch rechtzeitig ergattern wir einen bequemen Platz. Das rote Bändchen signalisiert dem Barmann, dass wir unser Glas Wein selbst bezahlen müssen. Nicht sofort. Nein! Erst am Tag der Abreise. Auf einen Zettel notiert er Zimmernummer und Preis. Wohl bekomms, lächelt er mir zu. Doch das Wohl vergeht, als mein Blick auf den Preis fällt. „Trinke nicht so schnell", raune ich Moni zu und zeige ihr den Zettel. „Upps"! Fast hätte sich Moni verschluckt. „Das kann eine teure Reise werden", ergänze ich.

Lautstark lässt sich eine Gruppe Touristen mit an unseren Tisch nieder. Alles Männer von der britischen Insel. Mit lautem Gedöns heben sie jetzt ihre Gläser. „Cheers, cheers!", schallt es um uns herum. Wir werden immer kleiner in unserem Sessel. Aber die Briten kennen keine Gnade und prosten uns auch zu. Na das kann lustig werden, denke ich. Wo ich doch außer ein paar Floskeln die englische Sprache nicht beherrsche. Monika erst recht nicht. Was soll's. Da muss ich jetzt durch.

„Where are you from", fragt unvermittelt ein älterer Herr. Äh, was meint er, überlege ich. Ach, ja, fällt mir ein: „We are from Germany."

„Ah Germany, Germany", jubelt er. „Cheers, Germany!"

Alle heben wieder ihr Glas und rufen: „Cheers, Germany!"

„And you? Where are you from?", will ich wissen. Nach einem Glas Wein bin ich mutiger geworden und habe aus meinem Innersten einige Redewendungen ausgegraben.

„Ah, this is Edward from London, this is John and Mike from Crawley and Michael comes from Ipswich", dabei zeigt der ältere Herr auf jeden reihum. „I come from Reading and my name is Henry."

„Ah okay", antworte ich. „Nice to meet you", und hebe mein Glas.

Jetzt bin ich an der Reihe: „This is Monika, my women, and my name is Tilo. We come from Leipzig", antworte ich und denke, Spergau oder Leuna kennen die sowieso nicht.

„Cheers, Tilo, cheers, Monika", erschallt es wieder. So geht es noch eine Weile hin und her. Plötzlich steht Henry auf und eilt zur Bar. Mit zwei Glas Wein kommt er zurück und stellt sie wortlos auf den Tisch. „Cheers!", ruft Henry, und alle heben ihr Glas, um uns zuzuprosten. Wie aus dem Boden gestampft, steht plötzlich der Barmann neben uns. Er macht uns klar, dass wir den Wein nicht trinken dürfen. Warum eigentlich nicht? Der Unterschied besteht in einem Bändchen, das alle am Handgelenk tragen. Ein rotes für die Gäste, bei denen alle Getränke bereits mit dem Reisepreis bezahlt wurden, ein gelbes für Gäste, die ihre Getränke selbst bezahlen müssen. Monika und ich tragen gelbe Bändchen. Kurzerhand kassiert er die beiden Weingläser ein und verschwindet wieder hinter seinem Tresen. Wir schauen uns alle verdattert an. Henry macht gar den Scheibenwischer, aber ändern können wir das nicht. Nichts ist umsonst.

„Bye bye!", grüßen wir zum Abschied. Morgen müssen wir früh raus. Der Reiseplan sieht vor, dass wir morgen mit dem Bus sechshundert Kilometer weit in ein Hotel nahe Izmir fahren und dort zweimal übernachten. Was der Reiseplan nicht vorsieht, ist ein Umweg zu einer Schmuckfabrik. Die Schmuckfabrik entpuppt sich aber als ein großer Raum mit unzähligen Auslagen und Vitrinen, in denen Ringe, Ketten und Armreifen aus Gold und Silber ausgestellt sind. Mit Steinen besetzt oder ohne. Es ist alles vorhanden, was Frauenherzen höherschlagen lässt. Sobald wir uns aber einer Vitrine oder einer Auslage nähern, kommt sofort ein Verkäufer herbeigeeilt, um uns eines diese Stücke zu verkaufen. Monika und mir wird das lästig. Wir halten Abstand von den Schmuckstücken und verlassen gemächlich den Raum.

„Wir sollen unbedingt etwas kaufen", flüstere ich Monika zu.

„Jaja, aber hast du mal die Preise gesehen? Ist zwar alles echt, aber dafür gebe ich kein Geld aus."

„Was glaubst du, warum die Reise so preiswert war?" Monika nickt zur Bestätigung.

Weiter geht die Tour. Unterwegs erzählt Mustafa etwas über Land und Leute und erklärt uns, was wir gerade durch die Busscheiben sehen. Nach der Hälfte der Strecke ist Pause. Der Bus biegt auf einen Parkplatz ein. Bus an Bus steht hier. Wir wollen, so erzählt uns Mustafa, eine römische Siedlung ansehen. Das ist interessant. Geschichtsunterricht live. Schon am Eingang empfängt uns ein vielstimmiges Sprachengewirr. Hunderte Touristen aus vielen Ländern bevölkern die Ruinenstadt. Wir müssen aufpassen, dass wir uns nicht verlieren. Ein Fotograf umschleicht unsere Reisegruppe. Er fotografiert hier und fotografiert da. Am Ende können wir die Bilder kaufen. „Hier will jeder sein Geschäft machen", raune ich Monika zu.

„Klar! Du musst nur wissen, wie."

Weiter geht die Reise. Irgendwann spätabends kommen wir in einem kleinen Hotel an. Nichts Besonderes, aber gemütlich. Von unserem Fenster aus können wir eine Insel erkennen. Die Insel Samos, erfahren wir beim Abendmahl. Am nächsten Morgen steigen wir wieder in den Bus. Das Ziel ist wieder eine dieser Römerruinen. Davon scheint es hier genug zu geben. Der Nachmittag steht zu unserer freien Verfügung. Die Sonne scheint, und wir pilgern zum Strand, der unweit unseres Hotels ist. Wir treffen noch ein paar Leute aus unserer Reisegruppe. Einige sind mutig und wagen ein Bad. Es ist März und das Wasser noch kühl. Dennoch entschließe ich mich kurzerhand, es den anderen nachzumachen. „Nee, danke! Mir ist das zu kalt." Monika lehnt meine Einladung zum Baden dankend ab.

Wir sind wieder auf der Rückreise. Im Bus ist es still. Jeder hängt seinen Gedanken nach. Ich habe das Gefühl, dass unser Busfahrer stärker auf das Gaspedal tritt. Heute Abend sollen wir wieder in unserem Hotel sein. Wahrscheinlich will er rechtzeitig wieder bei seiner Familie sein. Weit gefehlt. Wieder biegt der Bus auf einen Parkplatz ein. „Wir jetzt besuchen eine Teppichmanufaktur", eröffnet uns Mustafa. „Bitte mir folgen." Gehorsam trotten wir unserem Reiseführer nach. Wir betreten einen Raum, in dem rechts und links junge Frauen vor großen Webrahmen sitzen und Teppiche knüpfen. Knüpfen im wahrsten Sinne des Wortes. In mühseliger Handarbeit, Knoten an Knoten, entstehen unter ihren geschickten Händen Teppiche mit wunderschönen orientalischen Mustern. Ich bin beeindruckt. Aber irgendwie tief in meinen Innersten habe ich das Gefühl, dass die Frauen hier Schwerstarbeit leisten müssen.

„Mir kommt das vor, als wenn die Frauen Sklavenarbeit leisten", flüstere ich Monika zu. Monika schweigt und nickt.

Mustafa führt uns weiter in einen noch größeren Raum. An den Wänden ringsum stehen Bänke ähnlich wie zu Hause in den Sporthallen. Wir nehmen Platz. Plötzlich gehen an jeder Ecke Türen auf. Zügigen Schrittes betreten immer reihum, mit Teppichen auf ihren Schultern, junge Männer den Raum. Mit geübten Griffen breiten sie die Teppiche vor uns aus. Wieder und immer wieder. Ein Teppich schöner als der andere. Es scheint, als würden sie ihre ganzen Lagerbestände uns präsentieren. Endlich ist Schluss.

„Wenn ich mich nicht verzählt habe, liegen hier mindestens zehn Schichten übereinander", sage ich zu Monika.

„Mindestens! Wenn nicht noch mehr!"

Der Chef erscheint. Eine große gutaussehende Erscheinung. Schwarze Haare, brauner Teint und Oberlippenbart verleihen ihm das typisch türkische Aussehen. Überschwänglich begrüßt er alle, und nach ein paar Floskeln kommt er sofort auf seine Teppiche zu sprechen. Im perfekten Deutsch. Er lobt seine Mitarbeiter. Spricht von der Mühsal der Frauen, die von früh bis abends diese wunderschönen Teppiche knüpfen. Natürlich durchschauen wir sein Geschwätz. Auch er will uns seine Teppiche aufschwatzen. Obwohl er hin und wieder einen Witz in sein Gerede einfügt, ist keiner aus der Reisegruppe bereit, einen seiner Teppiche zu kaufen. Enttäuschung auf der ganzen Linie. Man kann es ihm ansehen.

„Das war es! Alle wollen nur ihr Zeug verkaufen. Sehen zwar gut aus die Dinger, aber in die Wohnung würde ich mir so was nicht legen. Mal sehen, was uns noch erwartet."

„Eine Ledermanufaktur", antwortet Monika lakonisch. In Gedanken weilt sie noch bei den teppichknüpfenden Frauen. Die arbeiten sicher nur für einen Hungerlohn, denke ich.

Schon sitzen wir wieder in unserem Bus. Die Reise geht weiter. Langsam neigt sich der Tag seinem Ende zu. Wie vermutet, ist das Ziel eine Ledermanufaktur. Die liegt in einem nicht gerade touristischen Vorzeigeviertel. Kaum Straßenbeleuchtung und schon gar keine Leuchtreklame lassen mich vermuten, dass wir in irgendeinem Armenviertel gelandet sind. Durch eine hellerleuchtete Glastür treten wir in einen großen Raum, der fast einem Sultanspalast gleicht. Ringsum an den Wänden glitzert und flimmert es. Leuchtreklame überall. Ein Unterschied wie Tag und Nacht. Wieder werden wir erwartet. Diesmal ist es eine schwarzhaarige und rotlippige Schönheit. Schneewittchen lässt grüßen. Sie kredenzt jedem von uns einen Raki, jenen nach Anis schmeckenden hochprozentigen Likör, der typisch für die Türkei ist. Aus ihrem kurzen ledernen Röckchen ragen zwei lange schlanke Beine. Dazu trägt sie einen knallroten ledernen Blazer. Was wird uns jetzt erwarten? Schon geht es los. Licht aus, Spot an. Aus Lautsprechern erschallt orientalische Musik. Hintereinander betreten nun männliche und weibliche Schönheiten den Raum und präsentieren uns die neueste Ledermode in Form von Jacken,

Mänteln und Westen. Ein Stück schöner als das andere. Ganz nebenher führen sie uns die Qualität des verarbeiteten Materials vor. Ich bin beeindruckt. Nicht nur von den Models. In Gedanken stelle ich mir vor, wie ich in einer dieser Jacken aussehen würde. Mitten in meinen Träumen geht das Licht an. Der Chef erklärt uns, dass seine Mitarbeiter, wir sind mit einer Stunde Verspätung erschienen, extra auf uns gewartet haben. Sollen wir nun demütig auf die Knie fallen, denke ich. Kurz danach werden wir wieder in einen großen Raum gebeten. Hell erleuchtet hängen hier entlang den Wänden Kleidungsstücke. Jacken, Mäntel, Hosen und vieles andere mehr. In allen Farben, Formen und Größen. Seit langem trage ich mich mit dem Gedanken, mir eine neue Jacke zuzulegen. Monika ebenso. Bedächtig gehen wir die Reihen der Kleidungsstücke entlang. Nehmen das eine oder andere Stück vom Bügel und probieren und begutachten es. Es dauert nicht lange, und schon hat sich ein Verkäufer an unsere Fersen geheftet.

„Bitte, die Herrschaften. Was suchen?"

„Wir wollen erst mal schauen", antwortet Monika.

„Was noch schauen? Haben doch bei Vorführung alles gesehen."

„Jaja! Trotzdem wir erst noch schauen", versuche ich den Kerl abzuschütteln. Monika raunt mir zu, ich solle doch mal nach den Preisen sehen.

„Tatsächlich!", flüstere ich zurück.

„Die liegen jenseits von Gut und Böse. Lass uns lieber gehen."

„Aber die Qualität ist gut."

„Trotzdem!"

Unser Traum von einer neuen Jacke ist zerplatzt. Wieder hat sich der Verkäufer an uns rangeschlichen.

„Was ist? Nicht zufrieden? Nicht gut Qualität?"

„Doch, doch! Wir wollen noch mal nachdenken", antworte ich jetzt verärgert.

„Aah, nicht nachdenken. Einfach kaufen. Okay!"

„Nein! Nicht kaufen!", entfährt es mir barsch. Und zu Monika: „Komm, wir gehen! Der Kerl geht mir auf den Sa…" Damit verlassen wir den Saal. Aus den Augenwinkeln kann ich sehen, wie andere aus unserer Reisegruppe in reger Geschäftigkeit noch verhandeln.

Spät am Abend kommen wir wieder im Hotel an. Diesmal beziehen wir ein anderes Zimmer. Unser Blick geht nicht mehr aufs Meer und die Berge, sondern auf den Hinterhof.

„Die zwei Nächte halten wir noch aus" sage ich, bevor wir todmüde in die Betten fallen.

Am letzten Tag machen wir noch einen Ausflug. Eine Moschee wollen wir besichtigen. Das hatte Mustafa uns am ersten Tag angekündigt. Darauf bin ich schon sehr gespannt.

Nach einem wie immer reichhaltigen Frühstück erwartet uns Mustafa.

„Guten Morgen, guten Morgen! Alle gut geschlafen? Dann wir fahren jetzt in Moschee, und am Nachmittag besichtigen wir ein römisches Bad."

„Immer diese Römer!", sage ich laut. Alles lacht. Außer Mustafa, der macht ein betretenes Gesicht.

„Ich habe noch eine traurige Nachricht", beginnt er. „Der Fahrer von Bus sagt, es fehlt Geld in seiner Kasse." Alle schauen sich ungläubig an. Der Busfahrer hatte während der Busfahrten Mineralwasser und Limo für uns im Bus. Gegen einen kleinen Obolus durfte sich jeder selbst bedienen. Nun sagt er, dass das Geld mit den verbrauchten Getränken nicht übereinstimmt. Hatte jemand seine Getränke nicht bezahlt? Fünfzig Euro würde die Differenz betragen. Was nun. Jeder aus unserer Reisegruppe beteuert, korrekt bezahlt zu haben. Oder doch nicht? Ist das gar ein Trick des Fahrers, sich einen kleinen Nebenverdienst zu ergaunern? Nach kurzer Diskussion bezahlen wir kurzerhand die Differenz und bedauern den Vorfall. Das tut uns nicht weh.

Die Moschee steht mitten im Zentrum von Antalya. Mustafa lässt uns die Schuhe ausziehen, bevor er mit seinen Erklärungen beginnt.

„Vor dem Betreten einer Moschee werden die Schuhe ausgezogen. Ein Muslim betritt die Moschee mit dem rechten Fuß und verlässt sie mit dem linken." Wir folgen seinen Worten und entledigen uns unseres Schuhwerks. Das zentrale Element einer Moschee sei der Raum für das Gebet, erklärt uns Mustafa. Mustafa bittet uns, auf den ausgelegten Gebetsteppichen Platz zu nehmen.

„Der Islam schreibt Muslimen bescheidene Kleidung vor. Die Kleidung muss vor allem sauber sein und den Körper in angemessener Weise bedecken. Frauen müssen für das Gebet das Haupthaar bedecken. Für Männer ist eine Kopfbedeckung nicht zwingend." Während Mustafa erklärt, sehe ich mich etwas genauer um. Über uns, in der Mitte des Gebetsraumes, wölbt sich eine runde Kuppel. Reich verziert mit vergoldeten geometrischen Ornamenten und Arabesken. Die finden sich auch an den Wänden, den Fenstern und den ausgelegten Teppichen wieder.

Sonst wirkt der Raum eher spartanisch. Die Einrichtung besteht aus Naturstein. Verziert mit Stuck aus Lehm, Holz und Metall.

„… das direkte Vorbeilaufen vor einem Betenden ist verboten, um ihn nicht im Gebet zu stören", höre ich gedankenverloren, während Mustafa die Rituale beim Beten erklärt.

Was denn nun anders sei zwischen Christen und Muslimen, wollen einige wissen. Mustafa überlegt. „Für Muslime ist Allah der Herr und Gebieter. Für euch Christen ist es Gott. Wahrscheinlich gibt es keinen Unterschied." An dem Satz scheint etwas Wahres dran zu sein, denke ich mir. Warum die sich dann bekriegen, ist mir nicht schlüssig.

Nach dem Mittagsmahl fahren wir ein Stück außerhalb der Stadt. An einer kleinen Bucht des Mittelmeeres befindet sich eine römische Ruine. Ein ehemaliger Badeort der Römer, wie Mustafa erklärt. Kurzerhand nutzen wir die Gelegenheit für ein kleines Bad. Das ist wohltuend. Hier könnte ich noch länger verweilen, den anderen geht es ebenso. Aber einmal ist eben Schluss.

Der Rest ist schnell erzählt. Am nächsten Morgen geht es mit dem Bus zum Flughafen. Ein anderer Fahrer sitzt diesmal am Steuer. Vielleicht hat der bisherige doch ein schlechtes Gewissen, mutmaße ich.

Die Kontrollen am Flughafen bringen wir zügig hinter uns. Von den anderen aus der Reisegruppe bleibt kaum Zeit zum Verabschieden. Pünktlich zur angegebenen Zeit hebt das Flugzeug von der Landebahn ab und landet nach fast drei Stunden Flug wieder in Leipzig. Welch Glück, das wir beim Kofferpacken unsere dicken Jacken zuoberst verstaut haben. Leipzig empfängt uns mit nasskaltem, trübem Märzwetter.

Eine schöne Reise. Noch mal würde sie das nicht machen, meint Monika. Trotzdem. Wir haben viel erlebt und viel gesehen. Wir haben den Orient hautnah gespürt. Wenn da nicht diese blöden Verkaufsveranstaltungen wären.

Spergau – erzählt an einem Tag

Eine schöne Landschaft ist diese Region wahrlich nicht. Schaut man von der Hochebene am Nordrand des Dorfes nach Osten, dann breitet sich vor dem Betrachter eine Landschaft aus, die flach ist wie ein Kuchenbrett. Mittendurch schlängelt sich, als wolle sie das Land spalten, die träge dahinfließende Saale. Einst trennte sie zwei Völkergruppen voneinander. Die Germanen auf der westlichen und die Slawen auf der östlichen Uferseite. Leipziger Tieflandbucht nennen die Geologen diese Landschaft, weil sie sich im weiten Bogen um die alte Messestadt ausbreitet. Dreißig Kilometer sind es von hier bis Leipzig. Im Rücken des Betrachters erstreckt sich das große Leunaer Chemiewerk. Mitten im Ersten Weltkrieg errichtet, hat es sich nach und nach bis an das Dorf herangearbeitet. Nur wenige Meter trennen sein südliches Ende vom Ortseingangsschild des Dorfes. Spergau steht darauf. Schwarze Buchstaben auf gelbem Grund. Eine kleine Gemeinde. Rund tausend Einwohner leben hier. Es gibt die Feuerwehr, den Sportverein und zwei Gaststätten. In der Mitte des Dorfes die Kirche und den Dorfteich. Auf Teilen der Gemarkung von Spergau das große Leunaer Chemiewerk, in dem sich seit 1990 große namhafte Industriebetriebe angesiedelt haben. Viele Spergauer sind dort beschäftigt und haben dort Lohn und Brot gefunden. Nur eine Handvoll arbeitet noch in der Landwirtschaft. Spergau, das ist

Tradition und Zukunft, geballte Wirtschaftskraft und ländliche Idylle.

*

Nacht liegt über Spergau. Die Menschen im Dorf, das eingebettet zwischen den Leunaer Chemiefabriken und dem Saaletal liegt, schlafen noch. Vom Rangierbahnhof der westlich angrenzenden Chemiebetriebe ist das Geräusch rangierender Kesselwagen zu hören. Eine Lok pfeift. Von der nahen Raffinerie lässt eine helllodernde Flamme das Dorf in fahlem Licht erscheinen. „In solchen Nächten könnten wir die Straßenbeleuchtung ausschalten", scherzen die Einwohner.

Der Tag geht in seine fünfte Stunde, als ein Trompetensignal ertönt. Keine fünf Minuten vergehen, da erschallt es wieder. Diesmal an einer anderen Stelle des Dorfes. Wer um Himmelswillen spielt so früh am Morgen auf der Straße Trompete? Sollte bei den winterlichen Temperaturen der Trompeter nicht lieber im warmen Bett bleiben? Am Ende friert dem noch sein Instrument ein. Aber in dem rund tausend Seelen zählenden Dorf wissen die Leute um die Bedeutung des Trompetenspiels. Manch einer hat darauf die halbe Nacht gewartet. Konnte deshalb nicht einschlafen. Der Grund: Heute feiert Spergau das Lichtmeßfest. Das Trompetensignal ist sozusagen der Startschuss. Es wird zum Wecken geblasen, sagt man in Spergau und meint, dass es für die Teilnehmer, also die Lichtmeßgesellschaft, Zeit ist, das Bett zu verlassen.

Das Spergauer Lichtmeßfest ist uralt und doch immer wieder neu. Unzählige Geschichten in Zeitungen und Büchern wurden darüber geschrieben. Filme wurden gedreht.

Müßig, alles zu wiederholen. Interessanter sind da schon die Geschichten dahinter. Davon will ich erzählen.

. Knapp zwei Stunden später. Seit geraumer Zeit stehen die Menschen vor dem Gasthof „Zur Linde" und harren der Dinge, die da kommen werden.

„Wir gehen in de Linde" oder „In dr Linde sitzt mr jemitlich" sagen die Spergauer, wenn sie vom Gasthof „Zur Linde" sprechen. Erbaut wird das Gasthaus Ende des 19. Jahrhunderts. Genau weiß das keiner mehr zu sagen. Ein großer Tanzsaal gehört zum Gasthaus, der für Geselligkeit sorgt. Viele Tanzveranstaltungen, organisiert von Sportverein und Feuerwehr, gehören seitdem zum feuchtfröhlichen Dorfleben. Natürlich auch der große Tanzabend zum Ende des Lichtmeßfestes. Tatsache ist, dass mit Beginn des sportlichen Treibens in Spergau der Tanzsaal auch als Turnhalle genutzt wird. Bei vielen Turnwettkämpfen können sich die Spergauer Turner mit Ruhm und Ehre schmücken und auf einer Kegelbahn hinter dem Tanzsaal fallen oft „alle Neune".

Die „Gaststätte zur Linde" von damals existiert nicht mehr. Eine neue moderne Gaststätte wird 1998 an gleiche Stelle errichtet. Der Tanzsaal aber bleibt bestehen und erhält eine Auffrischung. Geturnt und gekegelt wird dort, dank neuer Sporthallen, schon lange nicht mehr. Aber zum Tanz und anderen Feierlichkeiten zieht es die Spergauer immer gern in ihre „Linde". „In dr Linde sitzt mr ähm jemitlich" sagt man sich noch heute.

*

Gleich beginnt die siebte Stunde des Tages, und es ist in diesem Jahr knackig kalt. Aber Spergauer und ihre Gäste warten unerschütterlich. Dann öffnet sich die Tür, und die

Lichtmeßgesellschaft nimmt auf der Straße vorm Gasthof Aufstellung. Voran die Kapelle, die ihre Instrumente in den klammen Händen hält und sogleich anfängt zu spielen.

*

Sie nennen sich „Spergauer Flachlandfinken" und bezeichnen sich als die Stimmungsmacher aus Spergau. Sie spielen bei Festumzügen und auf Firmenfeiern, auf Heimatfesten und zu Geburtstagen, bei Hochzeitsfeiern und – Scheidungen. Letzteres sei noch nicht vorgekommen. „Aber wenn es gewünscht wird ...", sagt Jens H., der Leiter der Kapelle, und lächelt verschmitzt. Sie würden überall spielen, wo Spaß und gute Laune gefragt sind, bekräftigt er.

Die Idee mit der Blasmusik in Spergau entstand im Jahr 2006. Zur Lichtmeß. Wann sonst? Eine Wette war der Anlass, dass es heute in Spergau eine Blaskapelle gibt.

Keine Feier ohne Meier, sagt der Volksmund. Was so viel heißt, dass die Spergauer Flachlandfinken bei fast jeder Veranstaltung in Spergau aufspielen. Sei es beim Gartenfest in der Gartenanlage, beim Spergauer Heimatfest, beim Teichfest und vielen anderen Veranstaltungen. Leise Töne beherrschen die Spergauer Flachlandfinken inzwischen auch. Auftritte bei Gedenkveranstaltungen oder in der Kirche gehören inzwischen mit zu ihrem Repertoire und zum Vereinsleben. Eine kleine Fangemeinde, die sich inzwischen gebildet hat, zeugt von der Beliebtheit der Spergauer Blasmusiker.

*

„Ruhe!", ertönt eine Stimme aus der Menge. Und „Ruhe!", schreit ein anderer.

„Pssssst", zischen die Umstehenden. Jeder will verstehen, was der Mann, der dort oben auf dem Pferd sitzt, zu sagen hat, obwohl die Eingeweihten, und das sind die meisten der hier Versammelten, das bereits wissen: Der schwarz gekleidete Mann ist der Registrator. Mit schwarzem Umhang, Bart und Brille. Auf dem Kopf einen schwarzen goldverzierten Zweimaster mit Federbusch. Lautstark verliest er die Namen der Lichtmeßgesellschaft und fordert Respekt und Aufmerksamkeit. Anschließend beginnt die Kapelle zu spielen, und die in Zweierreihe formierte Gesellschaft setzt sich in Bewegung. Zum Bäckerplatz gleich neben der Kirche. Wie die Kirche mit der Lichtmeß verbandelt ist, darüber gibt es kaum Erkenntnisse. Aber die Spergauer lieben ihre Kirche. Bei der letzten Glockenweihe standen die Spergauer dicht gedrängt auf dem Kirchhof, um der Zeremonie beizuwohnen. Als kürzlich der alte Konsum abgerissen wurde, war die Kirche für kurze Zeit in Gänze in ihrer äußerlichen Schönheit zu bestaunen. Die Spergauer waren von dieser Ansicht beeindruckt.

Zurück zur Lichtmeß. Die Zuschauer kennen eine Abkürzung und haben auf besagtem Bäckerplatz einen großen Kreis gebildet. In dessen Mitte machen sich inzwischen zwielichtige, in Lumpen gehüllte Gestalten, in Spergau nennt man sie Zigeuner, an einem Holzstapel zu schaffen, den sie schließlich in Brand setzen. Kaum ist das Feuer entflammt, kommt der Zug der Lichtmeßgesellschaft an. Alle stellen sich im Kreis um das wärmende Feuer. Als Pferde verkleidete junge Männer ziehen einen alten Pflug durch die Flammen. Ein Funkenmeer erhellt die Szenerie. „Ah" und „Oh" wird gerufen, und es wird gesungen und geschunkelt.

Kaum ist das Feuer niedergebrannt, bricht die Lichtmeßgesellschaft zum Heischegang auf. Weil es noch früh am
Tag ist, die Spergauer haben eh ihren Nachtschlaf beendet,
folgen sie dem Zug bis zur ersten Station. Traditionell ist
das die Familie H. Dort werden sie bereits erwartet. Den
Anfang macht der Bändermann. Auf dem Kopf trägt er
eine Krone aus Buchsbaum, und sein Kostüm besteht aus
bunten seidenen Bändern. Warum die Spergauer ihn
schnöde als „Läufer" bezeichnen, bleibt ein Rätsel. Der
Bändermann kündigt den Besuch der Lichtmeßgesellschaft an. Vor dem Grundstück der Familie H. stehen die
Spergauer, um den Beginn des Heischganges mit zu erleben. Sie stehen schwatzend und lachend beieinander,
freuen sich auf den Tag oder tauschen die neuesten Dorf-
geschichten aus. Nach und nach betreten die anderen Figuren der Lichtmeß das Haus. Der Registrator, die Musikkapelle und so weiter und so weiter. Kommt einer heraus,
geht der Nächste oder die Nächsten hinein. Vor dem Haus
der Familie H. wird es licht. Die Spergauer gehen nach
Haus, weil ja früher oder später die Lichtmeßgesellschaft
vor ihrer Haustür steht.

Die Lichtmeßgesellschaft indes zieht weiter in die
Franklebener Straße. Weiter von Haushalt zu Haushalt
geht die Tour. Manche haben verständlicherweise ihre Tür
verschlossen. Aber da, wo das Hoftor offensteht, treten sie
vor den Hausherren, um ihre Forderungen vorzutragen.
Immer wieder das gleiche Ritual. Bändermann, Registrator,
Kapelle. Die Eierfrauen, die mit Hühnergegacker um Eier
bitten, und die Wurststangenträger. „Wir treten ein in dieses Haus und fordern eine Wurst heraus." Wahrscheinlich
ist von diesem Vers die Verbindung von Lichtmeß und

Wurst abgeleitet. „Einmal im Jahr dreht sich in Spergau alles um die Wurst. Nämlich zur Lichtmeß", sagte mal ein alter Spergauer und hatte zweifellos recht. Wurstdisco und Wursttanz sind die Vorzeichen auf das kommende Fest.

Und wo wir schon mal bei der Wurst sind, der nächste Haushalt, den die Lichtmeßgesellschaft beehrt, ist die Fleischerei E. Paul E. führte sie über viele Jahre. „Der Säbel", sollen ihn die Spergauer hinter vorgehaltener Hand genannt haben. Warum? Vielleicht wegen seiner scharfen Messer, mit denen er ein Stück Schinken oder Wurst absäbelte? Seine Würste und die anderen guten Sachen waren jedenfalls spitze. In der DDR-Zeit standen lange Schlangen vor seinem Laden. Nicht nur Spergauer. Sogar aus dem nahen Chemiewerk kamen die Kunden. Schon am Vormittag im Arbeitsanzug und Schutzhelm. Noch heute erinnern sich die Spergauer an diese Zeit. Paul E. lebt nicht mehr, aber seine Nachfahren betreiben die Fleischerei noch heute. Den Paul im Himmel wird's freuen.

*

Weiter geht es. Die Lichtmeßgesellschaft ist auf dem Weg zum nächsten Haushalt. Vorbei am Friedhof führt der Weg. Der Friedhof ist wie immer gut gepflegt. Die Spergauer achten darauf. Auf dem Friedhof haben nicht nur Spergauer ihre ewige Ruhe gefunden. Am nordwestlichen Dorfrand, gleich dort, wo das Chemiewerk beginnt, stand in Zeiten des Zweiten Weltkriegs ein Gefangenenlager. Menschen unterschiedlicher Nationen waren dort gefangen, mussten Zwangsarbeit leisten, und viele haben dabei ihr Leben verloren. Auf dem Friedhof wurden einige von ihnen zur ewigen Ruhe gebettet. Die Bombenangriffe, die dem Chemiewerk galten, hatten auch in Spergau Schaden angerichtet. Kollateralschäden, sagt man heute. Unter den Spergauer Bürgern waren Opfer der Bomben zu beklagen. Ein Grab auf dem Friedhof erinnert heute symbolisch an diese Zeit.

Wenn das Leben endet, wird es gewöhnlich auf dem Friedhof zur ewigen Ruhe gebettet. Heute geht das Leben am Friedhof vorbei. Zügigen Schrittes strebt der Bändermann am Friedhof vorbei. Nur immer geradeaus schauen, wird er denken. Bloß nicht innehalten. Ich bin der Bändermann, ich bin das Leben. Der buntbebänderte junge Mann mit der grünen Buchsbaumkrone schreitet schneller aus.

*

Die nächste Straße, das nächste Haus. Vor einem weit offenen Tor stehen Menschen. Es ist ein Garagentor. Der Besitzer hat sein Auto an diesem Tag auf der Straße geparkt. Dafür stehen kleine Tischchen mit Häppchen, Kuchen und diversen Getränkeflaschen drauf. Von Limonade bis Hochprozentigen ist alles vorhanden. Sogar Glühwein und Tee werden angeboten. Die Menschen in und vor der Garage, alles Verwandte und Bekannte des Hausherren, warten auf die Lichtmeßgesellschaft, die, so ist zu hören, schon ganz in der Nähe sein muss. Derweil bedient man sich an den aufgefahrenen Köstlichkeiten. „Kommt rein!", ruft man den draußen Stehenden zu. „Wollt ihr Glühwein oder Schnaps. Hier gibt es Kuchen und belegte Brötchen." Die Gäste, auch Fremde lassen sich das nicht zweimal sagen und greifen zu. Schon kommt der Bändermann. Alle sind still, als der seinen Spruch aufsagt. Der Hausherr bedankt sich artig und reicht ein Schnäpschen. „Auf die Lichtmeß! Zum Wohl und gutes Gelingen." Der Buntbebänderte greift sich noch ein Stück Kuchen und eilt weiter.

Der nächste Hausherr erwartet ihn schon. Weiter geht die Party. Das Gros der Lichtmeß kommt. Immer mehr Menschen drängen in die Garage. Manch einer greift sich unverhohlen einen Schnaps. Es wird eng. Der Hausherr muss sich respektvoll Platz verschaffen, um der Lichtmeßgesellschaft seine Ehrerbietung erweisen zu können. Dann ist alles vorbei. Die Lichtmeßgesellschaft ist weitergezogen. Mit ihr die Gäste und Zuschauer. Bald danach steht auch das Auto wieder an seinem gewohnten Platz.

Die Gesellschaft ist inzwischen in der Korbethaer Straße. Spergauer und Besucher pilgern in Richtung „Feldschlößchen". Die Sonne scheint. Die Lichtmeßkarre kommt mit Getöse. Der Kutscher bläst kräftig in sein Horn, damit die vielen Menschen für sein Gespann Platz machen. Gerade beehrt die Lichtmeßgesellschaft den Hausherrn im Gehöft der Korbethaer Straße Nr.12. Hier wohnt Rolf K. mit seiner Familie. Ich erinnere mich an eine Geschichte, die mir passierte, als ich in Spergau das „Spergauer Wurstblatt" herausgegeben habe. Ich schrieb damals eine Glosse über „Söhne Spergaus". Die hatte folgenden Inhalt:

„Söhne Spergaus" obdachlos?

Das Haus in der Korbethaer Straße Nr.12 soll der Abrissbirne zum Opfer fallen. In dem Gebäude haben die „Söhne Spergaus" ihr Domizil aufgeschlagen. Um der drohenden Obdachlosigkeit zu entgehen, griffen sie zur Selbsthilfe und stellten das Gebäude kurzerhand unter Naturschutz. Geholfen hat es nicht. Wo die „Söhne Spergaus" nun unterkommen werden, ist noch ungewiss. Darüber wird das Spergauer Wurstblatt für Sie weiter berichten."

Soweit, so gut. Nur mir, dem Schreiber des Artikels, war ein peinlicher Fehler unterlaufen. Das Haus, welches der Abrissbirne zum Opfer fallen soll, steht an einem anderen Ort. Nämlich „An der Kirche" Nr. 12.

Freitags abends hatten die Spergauer wie gewohnt ihr „Spergauer Wurstblatt" im Briefkasten. Am Samstag in aller Frühe bekam ich einen Anruf. Am Telefon war Rolf K. Ohne Gruß kam er gleich zur Sache: Was ich mir denn einbilden würde, solchen Unsinn zu schreiben. Sein Haus wird nicht abgerissen. Er hätte die ganze Nacht nicht geschlafen, weil ihm die Sache mit der Abrissbirne nicht aus dem Sinn gegangen ist. Dann fielen noch ein paar böse Worte. Auch von Gegendarstellung usw. war die Rede. Vor Schreck rutschte mir das Herz in die Hose. Mir blieb erst mal nichts weiter übrig, als mich zu entschuldigen. Herr K. wurde etwas versöhnlicher. Er klärte mich auf, worin mein Fehler bestand. Immer wieder sprach ich ihm mein Bedauern aus und entschuldigte mich wohl an die zehnmal. Es ergab sich aber an diesem Tag, dass ich mit dem Auto auf Tour ging. Kurz entschlossen hielt ich vor dem Grundstück in der Korbethaer Straße. Herr K. war gerade dabei, seinen Hof zu fegen, als ich eintrat. „Lieber Herr K., es tut mir so unendlich leid. Mir ist da wirklich eine Verwechslung unterlaufen", bat ich um Gnade.

„Na ja", schnaufte er, und ein kurzes Lächeln huschte über sein Gesicht. „Das kann passiern. Da musste dich vorher schlau machen und nicht einfach drauflos schreiben."

Wieder entschuldigte ich mich. Mir war die Sache wirklich peinlich. „Schon jut! Pass das nächste Mal auf!"

Mir kam eine Idee. „Wissen Sie, Herr K., beim Teichfest spendiere ich Ihnen ein Bier. Einverstanden?"

„Iss jut", knurrte er und widmete sich wieder seinem Besen. Mir fiel ein Stein vom Herzen. Das Problem hatte ich gelöst. Erleichtert setzte ich meine Fahrt fort.

Einen Monat später. Die Spergauer feierten ihr Teichfest. Am Getränkewagen war wie immer großes Gedränge. Etwas abseits entdeckte ich Herrn K. Mir fiel mein Versprechen ein. Kurzerhand holte ich zwei Bier und kämpfte mich zu Herrn K. durch. „Hallo, Herr K. Hier ist das Bier, wie versprochen."

„Ach, da hawe ich jarnich mehr dranjedacht."

„Na dann zum Wohl", sagte ich und nahm einen großen Schluck. Herr K. nickte. „Kannst Rolf zu mir sagen." Mir blieb fast der Schluck im Hals stecken vor Lachen. Ich musste husten. „Schon jut, Rolf. Viel Spaß noch", antwortete ich. Ich ging zurück zu meinem Tisch wo meine Frau wartete. „Weißt du, was mir eben passiert ist …"

*

Frühstückspause für die Lichtmessteilnehmer. Die findet im Gasthof „Feldschlößchen" statt. Die Tour führt eh dran vorbei. Im Schankraum, der ist proppenvoll, ist Stimmung. Alle Tische sind besetzt. Bier und Schnaps fließen in Strömen. Die Lichtmessleute finden kaum Platz.

Das „Feldschlößchen" ist ein kleiner Gasthof. Direkt an der Straße nach Wengelsdorf gelegen, war er in früheren Jahren Treffpunkt für Landwirte und Chemiearbeiter, um hier ihr Feierabendbier zu zischen. Über drei Generationen führte Familie Sch. den Gasthof. Spergauer erinnern sich noch heute an die Wirtsleute von damals. Das Wichtigste aber am „Feldschlößchen" ist: Hier starten die jungen Spergauer Männer ihre Lichtmeßkarriere. Für mich war das im Jahr 1966. Bereits einen Tag nach dem Weihnachtsfest trifft sich die Lichtmeßgesellschaft dort zur Vorbereitung und um den neuen Jahrgang zu integrieren. Pünktlich betreten wir, die 14-jährigen Jungs meines

Jahrganges, den Gasthof. Als wir die Gaststättentür öffnen, wabert uns blauer Dunst entgegen. Es riecht nach Bier und Tabaksqualm. Ein lautes Stimmengewirr füllt den Raum. Neugierig drehen sich alle Köpfe in unsere Richtung. Wir werden gemustert. Dann setzt das Stimmengewirr wieder ein. Mit einem lautstarken „Hallo" werden wir begrüßt. Wir erwidern den Gruß, indem wir, so haben wir das bei unseren Vätern abgeguckt, mit unseren Fingerknöcheln auf die Tischplatte klopfen. Die Freunde rücken zusammen, so dass wir auch noch Platz am Tisch haben.

Hinter der Theke stehen die Wirtsleute. Kurt und Ida Sch., ein älteres Ehepaar. Kurt, eine bereits halb aufgerauchte Zigarre zwischen den Lippen, zapft Bier. Emsig füllt er Glas um Glas, denn heute wird viel Bier getrunken. Sohn Günther muss helfen und schleppt ständig volle Gläser zu den Tischen. Schweißperlen stehen auf seiner Stirn. Bei der künftigen Lichtmeß wird Günther der älteste Küchenbursche sein. Endlich kommt er auch zu uns an den Tisch. Er sieht auf uns herab und fragt: „Seid ihr die Neuen?" Wir antworten mit einem zaghaften „Ja!" und nicken. Zu groß ist der Respekt vor dem Älteren.

„Was wollt ihr trinken?", fragt er barsch. Wir sehen uns gegenseitig an und zucken mit den Schultern. Klaus, der unter uns als Wortführer gilt, antwortet selbstbewusst: „Bier!" Alle anderen nicken zaghaft.

„Ihr spinnt wohl!", sagt Günther mit lauter Stimme. Wieder sind alle Blicke auf uns gerichtet.

„Seid ihr schon sechzehn?"

„Nee!", antwortet einer trotzig.

„Na also! Dann dürft ihr auch noch kein Bier trinken", sagt Günther so laut, dass es alle verstehen. Am Nebentisch wird gelacht.

„Also! Was soll ich bringen?" ruft Günther ungeduldig.

„Dann trinke ich eben eine Vita", sagt Klaus beleidigt und meint damit Vita Cola. Wir schließen uns der Bestellung an, denn außer roter und grüner Fassbrause gibt es nichts anderes Alkoholfreies. Günther nickt zufrieden.

„Sind jetzt alle da?", wird gerufen.

„Jawoll, alle da!", ruft einer.

Günther geht zur Eingangstür und hängt einen Zettel dran. „Geschlossene Veranstaltung" steht drauf. Dann verschließt er die Tür von innen. Schließlich soll keiner die Lichtmeßversammlung stören. Ab jetzt ist Günther ältester Küchenbursche.

Langsam wird es ruhig im Raum. Auf leisen Sohlen kommt die Wirtin, die man einfach nur Idda nennt, an unseren Tisch. Mit einem Tablett. Darauf acht Bier.

„Dass ihr mir das ja nicht weitererzählt", flüstert sie. „Sonst setzt es was!", fügt sie noch drohend hinzu. „Ham mir uns verstanden?"

Wir nicken freudig und grinsen uns an.

„Prost!", ruft einer vom Nachbartisch. Wir heben zaghaft unsere Gläser und antworten mit einem ebenso zaghaften „Prost!" Wir sind in die Lichtmeßgesellschaft aufgenommen.

*

Die Lichtmeßgesellschaft ist inzwischen am Wendisch Ende angekommen. Ein Platz, um den sich kleine und große Gehöfte winden. Weiter geht es nicht. Eines der großen Gehöfte gehört der Firma K. Futtermittelhandel. Inhaber ist Rainer K., ein altgedienter Lichtmessteilnehmer. Nebenbei leidenschaftlicher Geflügelzüchter. Klar, dass die Lichtmeßgesellschaft auch ihn beehrt. Im Gefolge des Lichtmeßzuges sind traditionell als Vögel verkleidete junge Männer. Diese Vögel, so ist es überliefert, künden den nahenden Frühling an und trällern den Hausherren ein Lied. Zum Gaudi von Rainer K. und den anderen Zuschauern singen sie in K.s großem Taubenkäfig. Ein Schnaps und etwas Kleingeld sind der Lohn. Sind alle Gehöfte im Wendisch Ende besucht, geht es zurück ins Dorf. Immer im Schlepptau die zahlreichen Gäste. Zwischen Wendisch Ende und Dorfmitte gibt es einen kleinen Teich. Davor ein großer, weitausladender Kastanienbaum, unter dem wiederum drei Bänke zum Verweilen einladen. Besonders im Sommer. Als rasender Reporter, so nennen mich manche, seit ich in Spergau das „Spergauer Wurstblatt" herausgebe, bekomme einen Tipp: „Schau doch mal ins Wendisch Ende!" Gesagt – getan. Auf besagten drei Bänken sitzen einige ältere Spergauer Damen. Die Namen will ich höflicherweise verschweigen. Sie haben es sich, Schutz vor der Sonne suchend, bequem gemacht. Man unterhält sich angeregt. Vom Frühjahr bis zum Herbst, so ist zu erfahren, trifft man sich hier allabendlich, um miteinander, und natürlich auch übereinander, zu plaudern, zu lachen und zu diskutieren. Allmählich spüre ich, dass sich „die Mädels von der Bank", wie sie inzwischen liebevoll genannt werden, damit aktiv am Dorfgeschehen beteiligen. Mit ihrem vermeintlichen „Geschwätz" nehmen sie an den Menschen und Vorgängen um sich herum leidenschaftlich Anteil. Und das mit ihrer eigenen ganzen Herzlichkeit.

*

Weiter geht es Richtung Dorfteich. Das Dorfzentrum? Jedenfalls aus der Luft betrachtet liegt der Dorfteich im

Herzen des Ortes. Auch der ist umgeben von kleinen und großen Gehöften. In den größeren wurde bis zur Wende mehr oder weniger Landwirtschaft betrieben. Eines davon gehörte Paul J. Der ist ebenfalls schon verstorben. Sein Sohn Bernd wohnt heute dort. Die Scheune des bäuerlichen Anwesens hat er wie ein Museum hergerichtet. Mit alten landwirtschaftlichen Geräten und frühen Spergauer Ansichten. Ein kleiner Nebenraum ist seinem Vater Paul gewidmet. Paul J. war Landwirt und als leidenschaftlicher Turner erfolgreich und bei den Spergauern beliebt und bekannt. Bis ins hohe Alter frönte er dem Turnsport und kam bei zahlreichen Wettkämpfen zu Ruhm und Ehren. Und wenn wir schon mal hier sind, will ich, bevor die Lichtmeßgesellschaft hier einrückt, einige Sätze zum Sport in Spergau verlieren. Nicht nur weil die SG Spergau heute der mitgliederstärkste Verein in Spergau ist, nein, auch weil nur ca. 200 Meter vom Anwesen der Familie J. entfernt, linkerhand neben dem Dorfteich, die Spergauer „Turnhalle am Teich" steht. Seit in Spergau Sport getrieben wird, zieht sich dieser wie ein roter Faden durch die Spergauer Geschichte. In Spergau gründet sich 1891 ein Turnverein. Geturnt wird vorerst in den Sälen zweier Spergauer Gaststätten. Endlich beginnt 1924 der Bau einer eigenen Turnhalle. Eine regionale Zeitung schrieb: „Beim Bau der Spergauer Turnhalle wurde von einem großen industriellen Werk großzügig Baumaterial zur Verfügung gestellt." Und weiter: „Alle Mitglieder waren verpflichtet, jede Woche … Arbeitsstunden zu leisten. Für jede versäumte Stunde waren 50 Pfg. zu bezahlen." Mit der neuen Turnhalle erfährt das turnerische Niveau in Spergau einen Aufschwung. Während des Krieges ist die Turnhalle mit Soldaten belegt. Die Siegermächte erlassen eine Turnsperre. Die wird 1949 aufgehoben. Sofort beginnen die Spergauer Turner mit ihrem traditionellen Gerätturnen in ihrer Turnhalle. Sportler wie Paul J. und andere sind die Turner der ersten Stunde. Nach der Wende werden neue Geräte angeschafft und die Turnhalle rekonstruiert. Heute findet in der „Turnhalle am Teich" Gerätturnen, Seniorengymnastik, Aerobic und Showakrobatik statt. Die Jahrhunderthalle und der „Sportplatz am Sumpfwald" sind den anderen Sportarten vorbehalten. Aber die tangiert die Lichtmeßgesellschaft nicht.

*

Inzwischen ist die Lichtmeßgesellschaft in der Scheune bei Bernd J. angekommen. Die ist so groß, dass sie den zahlreichen Gästen viel Platz bietet. Auch hier hat die Hausfrau kleine Tischchen mit Häppchen, Kuchen und diversen Getränkeflaschen vorbereitet. Von Limonade bis Hochprozentigen ist alles vorhanden. Manche warten schon seit einer Stunde. Es herrscht Partystimmung. Manch einer greift auch hier unverhohlen zu Schnaps oder Häppchen. Aber das ist an diesem Tag normal. Der Hausherr sieht es mit Freude. Es wird eng in der großen Scheune. Als das Gros der Lichtmeß kommt, steigt die Stimmung auf den Höhepunkt. Immer mehr Menschen drängen in die Scheune. Der Hausherr Bernd J. muss sich respektvoll Platz verschaffen, um der Lichtmeßgesellschaft seine Ehrerbietung erweisen zu können. Dann ist alles vorbei. Die Lichtmeßgesellschaft zieht weiter.

*

Nur wenige Meter sind es bis zum Gehöft des Klaus H. Gleich gegenüber dem Dorfteich. Ob sie den deswegen hinter vorgehaltener Hand Teichgraf nennen? Wer weiß? Auch der hat seine Geschichte. Der Dorfteich.

Es ist Sommer. Ein jeder sucht Abkühlung. Der Dorfteich bietet reichlich Gelegenheit dazu. Eine Quelle spendet ständig frisches Wasser. Anfänglich nur ein Weiher, wurde dieser später mit einer festen Mauer umgeben. Die Steuereinnahmen vom Chemiewerk machten das möglich. Seitdem ersetzt der Dorfteich die Badewanne. Ein Luxus, den nicht jedes Dorf zu bieten hat. Bis vor wenigen Jahren war der Teich noch unterteilt in einen Pferdeteich und einen Badeteich.

Im Pferdeteich fanden die Pferde der Bauern nach schwerer Arbeit Abkühlung. Waren die Pferde zu sehr vom Staub der Felder bedeckt, durften die Kinder diese mit Seife und Bürste reinigen. Für die ist das jedes Mal ein Riesenspektakel. So mancher hat dabei seine ersten Reitversuche unternommen. Nicht nur die Pferde bedurften der Reinigung. Der Badeteich bot den Spergauern Badespaß und Abkühlung im Sommer. Generationen haben im Dorfteich schwimmen gelernt. Besonders die Kinder und Jugendlichen des Dorfes ließen keine Gelegenheit aus, sich sommers in die kühlen Fluten zu stürzen. Am Abend, wenn die Sonne unterging und die Bauern ihre Arbeit auf den Feldern beendet hatten, kam so mancher zum Dorfteich, um sich mit Bürste und Seife den Staub vom Leib zu schrubben.

Heute ist der Dorfteich eine grüne Insel im Herzen Spergaus. Nach umfangreichen Sanierungen finden die Spergauer auf den Bänken rund um den Dorfteich Erholung.

*

Die Lichtmeßgesellschaft macht Mittagspause. In einem Gebäude unweit vom Dorfteich. „Alte Feuerwehr" wird es genannt. Noch vor wenigen Jahren beherbergte es das Gemeindeamt und die Feuerwehr. Während in der ersten Etage die Spergauer Bürgermeister und ihre Mitarbeiter residierten, war im Erdgeschoß die Spergauer Feuerwehr untergebracht. Spritzenhaus wurde es anfangs genannt.

Die Nationalsozialisten hatten 1933 die Macht in Deutschland übernommen. Hitler lässt schon im Vorgriff auf künftige Luftangriffe in ganz Deutschland – also auch in Spergau – eine einheitliche Feuerwehr aufbauen. Als offizielles Gründungsjahr wird 1934 genannt. Zu vielen Einsätzen musste die Feuerwehr seitdem ausrücken. Die Alten erinnern sich noch heute an manchen Brand, bei dem die Feuerwehr ihr Können unter Beweis stellte. Als traurigste Begebenheit wird berichtet, dass 1944 die Spergauer Feuerwehr, als sie bei einem Brand im nahen Arbeitslager Hilfe leisten wollte, von den Wachmannschaften abgewiesen wurde.

Nach und nach wird auch die Spergauer Feuerwehr modernisiert. Neue Löschfahrzeuge und Geräte zur Brandbekämpfung wurden, entsprechend dem technischen Entwicklungsstand, angeschafft. Höhepunkt war der Bau eines neuen und modernen Gebäudes, weil das alte wohl aus den Nähten zu platzen drohte. Heute ist die Spergauer Feuerwehr eine feste Größe in Spergau und aus dem Dorfleben nicht mehr wegzudenken.

Seit die Feuerwehr ihre neue und moderne Heimstatt hat, dient das alte „Spritzenhaus" der Lichtmeßgesellschaft als Rückzugsort für die Mittagspause. Traditionell kommt das auf den Teller, was beim Heischegang eingenommen wird. Wurst und Eier. Die Küchenmädchen servieren dazu eine große Portion Kartoffelsalat aus eigener Produktion.

In den restaurierten Räumen können auch Spergauer und ihre Gäste an dem Mittagsmahl teilnehmen. Gegen ein geringes Entgelt und natürlich abseits der Lichtmeßteilnehmer.

*

Nach der Mittagspause geht es weiter mit dem Heischegang. Von Gehöft zu Gehöft zieht die Lichtmeßgesellschaft. Gerade biegt die Lichtmeßgesellschaft in die Häußlerstraße ein. Ich werde ruhiger. In der Häußlerstraße bin ich aufgewachsen. In dem Haus, das 1937 mein Großvater gebaut hat. Das Haus steht noch immer. Nur hat es jetzt andere Besitzer. Ich halte inne. Wehmut kommt für einen Moment bei mir auf. Erinnerungen an meine Kinder- und Jugendzeit werden wach. Hinter dem Grundstück erheben sich zwei mächtige Kühltürme. Mehr als 150 Meter sind es heute vom Grundstück unseres ehemaligen Anwesens bis zur südlichen Begrenzungsmauer des Chemiestandortes Leuna. Anderswo grenzen grüne Wiesen und fruchtbare Felder an den Dorfrand. In Spergau sieht man graue Kühltürme, lodernde Fackeln und große Chemieanlagen.

Als Spergau erstmalig urkundlich erwähnt wird, ist an das Chemiewerk Leuna noch nicht zu denken. Erst Hunderte Jahre später errichtet ein deutscher Chemiekonzern nördlich von Spergau die Ammoniakfabrik Merseburg, die späteren Leuna-Werke und jetziger Chemiestandort Leuna. Das ist 1916. Mitten im Ersten Weltkrieg.

An diesem Punkt beginnt sich die Geschichte der Gemeinde Spergau mit der des Chemiewerkes zu berühren. Spergau hat einen neuen Nachbarn an seiner nördlichen Seite. Schnell schreitet der Bau des Chemiewerkes voran, und Stück für Stück dehnt sich bald das riesige Areal bis an die nördliche Spergauer Ortsgrenze aus. „Gebaut wird auch auf sehr fruchtbarem Spergauer Ackerland, das man billig aufkauft", liest man in der Spergauer Chronik. Damit nicht genug. Bis das Leunawerk seine heutige Ausdehnung erreicht, müssen auch noch einige Spergauer Gehöfte weichen.

Mit der ständigen Erweiterung des Werkes steigt auch die Einwohnerzahl von Spergau. Arbeiter, die in entfernten Gegenden wohnen, ziehen nach Spergau. Wohnungen werden gebaut, und immer mehr Spergauer stehen im Chemiewerk in Lohn und Brot. Immer weiter schreitet der Bau des Werkes voran. Mit der südlichen Erweiterung des Werkes sind auch für Spergau Geldmittel vorhanden. Davon profitiert die Gemeinde im gesellschaftlichen Leben.

Wieder ist Krieg. Spergau, durch seine Nähe zum Werk, leidet unter den oftmaligen Bombardierungen mit. Die Gemeinde liegt in der Anflugrichtung der Bomberverbände. Bei den Luftangriffen, die dem Werk gelten, wurde Spergau, bis auf wenige Ausnahmen, immer in Mitleidenschaft gezogen. Mehr als zwei Drittel aller Gebäude waren zerstört. Auch mein Elternhaus wurde getroffen.

Sofort nach Kriegsende beginnt der Wiederaufbau. Im Chemiewerk Leuna und in Spergau. Nach und nach erwacht das gesellschaftliche Leben in Spergau und im Werk läuft die Produktion wieder an. Die DDR gründet sich, und in den Leunawerken wird produziert auf Teufel komm raus. Wenig Licht und viel Schatten kennzeichnen die nachbarschaftlichen Beziehungen. Von dörflicher Idylle ist wenig zu spüren. Im Gegenteil. Ein zweiter Werksteil entsteht 1958/59. Wieder auf Spergauer Flur. Die Luft ist staubbelastet, und es stinkt fürchterlich nach Chemie. Spergau mutiert zur grauen Maus. „Umweltschutz gab es zu DDR-Zeiten nur auf dem Papier", sagt Klaus P., dessen

Gehöft gerade von der Lichtmeßgesellschaft beehrt wird. „Die Flugasche vom Werk war eine große Belastung für die Spergauer. Besonders wenn der Wind aus nordwestlicher Richtung wehte, haben wir jeden Tag unseren Hof gekehrt", berichtet er weiter.

Heute sprudeln dank der chemischen Industrie reichlich Steuergelder in die Gemeindekasse. Nach und nach hat sich Spergau zu einem wirtschaftlich kräftigen Dorf entwickelt.

*

Weiter zieht die Lichtmeßgesellschaft. Von der Nordstraße geht es in die Kötzschener Straße. Drei Straßen treffen hier aufeinander. Die Lichtmeßgesellschaft nähert sich. Von weitem hört man die Musikkapelle spielen. Immer mehr Spergauer und Gäste aus nah und fern bevölkern die Kreuzung. Autofahrer haben es schwer, sich einen Weg zu bahnen. Auch ehemalige Spergauer, die es in die Fremde verschlagen hat, und alte Schulfreunde trifft man auf der Straße. „Mensch, Hansi! Du hier! Wie lange haben wir uns nicht gesehen?" Oder: „Erinnerst du dich noch, als wir selbst bei der Lichtmeß mitgemacht haben?"

„Und ob! Das waren noch Zeiten. Übrigens, die Gabi habe ich auch schon getroffen."

Es wird gelacht, gescherzt, und alte Geschichten werden aufgewärmt.

„Ich gehe zu Bernd. Kommt ihr mit?", frage ich die Freunde. Keine Frage. Natürlich kommen sie mit.

*

Die Wende kommt 1990. In den Leunawerken werden die alten Chemieanlagen abgerissen. Einer, der davon profitiert ist Bernd E., Metallkünstler. Vor seinem Anwesen in Spergau stehen, wie kann es anders sein, zwei Figuren aus alten Metallteilen. Liebevoll zusammengefügt stellen sie Lichtmessteilnehmer dar. Auch auf dem Hof stehen allerlei Figuren. Noch ist die Lichtmeßgesellschaft einige Gehöfte weit entfernt. Somit bleibt Zeit, mich auf dem Anwesen von Bernd E. umzusehen. Bernd und ich sind befreundet. Schon oft habe ich ihn besucht und seine Figuren bewundert. Im Dorf nennt man ihn Eisen-Hannes. Warum? Darüber habe ich an anderer Stelle schon ausführlich berichtet und möchte mich nicht wiederholen.

„Was gibt es Neues?", frage ich.

„Sieh dich um und sag es mir", lacht Bernd. Gesagt, getan. Ich mache einen Rundgang durch sein Panoptikum der eisernen Seelen. Hier und da entdecke ich etwas Neues. Ein Dackel entstanden aus einer Kurbelwelle und zwei mannshohe Figuren, deren Sinn sich mir nicht erschließt, müssen erst kürzlich entstanden sein.

Wahrhaft ein Panoptikum der eisernen Seelen. Das darf man getrost sagen. Bernd scheint die Gabe zu besitzen, seinen Figuren Leben einzuhauchen. Ein wahrer Künstler.

Die Lichtmeßgesellschaft ist inzwischen bei Bernd angekommen. Immer mehr Menschen drängen durch die Tür. Auch weil Bernd seinen selbstgemachten Kirschwein anbietet. Keiner geht leer aus. Infolge des vielen Alkoholkonsums hat mancher schon Schwierigkeiten, gerade zu stehen, um seinen Spruch aufzusagen. Der Bändermann schwankt, und Hausherr Bernd muss aufpassen, dass er nicht fällt. „Alles im Lot", sagt der Bändermann. Verbeugt und bedankt sich für die kleine Spende, wünscht allen einen schönen Abend und eilt schwankend weiter.

*

Inzwischen ist es dunkel geworden. Das tut der Spergauer Lichtmeß keinen Abbruch. Die Gesellschaft zieht weiter. Hoftore und Garagen sind geöffnet. Überall ist Stimmung. Alkohol fließt in Strömen.

Zu vorgerückter Stunde, die Lichtmeßgesellschaft ist in der Talstraße angekommen, schwenkt die Lichtmeßgesellschaft in das Anwesen der Familie R. ein, um auch den Hausherren Günter R. zu beehren. Günter R. ist Inhaber einer Firma, die in der Elektro- und Baubranche tätig ist. Seit 1989 ist seine Firma in Spergau ansässig. Als Firma für Informationselektronik gegründet, ist sie heute im Kommunikations-, Bau- und Elektrogewerbe tätig. Günter R. ist ein alteingesessener Spergauer. Geht hier zur Schule, ist im Sportverein und arbeitet später, wie so viele aus dem Dorf, im nahen Chemiewerk. Günter ist begeisterter Sportler und Handballspieler. Mit Leidenschaft setzt er sich seit vielen Jahren für das Wohl und Wehe seines Dorfes ein. Heute ist seine Firma das größte Unternehmen im Dorf. Sein Sohn Sebastian, das kann man erkennen, ist seit einiger Zeit in die Fußstapfen seines Vaters getreten.

*

Irgendwann zu später Stunde ist das Ziel erreicht. Die Lichtmeßgesellschaft ist wieder auf dem Bäckerplatz nah der Kirche angekommen. Der Registrator besteigt wieder sein Pferd, und die Lichtmeßgesellschaft formiert sich zum Rückmarsch. Mit dem Bändermann an der Spitze und dem

Tschingtaratata der Flachlandfinken geht es im Schunkel-
schritt zurück in die „Linde", von der die Lichtmeßgesellschaft am Morgen aufgebrochen ist. Von der nahen Raffinerie leuchtet die Fackel und wirft flackerndes Licht auf
das Treiben in Spergau. Die Chemieindustrie lässt grüßen.
Spergau, eine lebendige und schmucke Gemeinde, die in
Eintracht mit der Chemieindustrie lebt. Darüber, wie die
Geschichte weitergeht, werden die Enkel einmal schreiben.

Jedes Brot ist Handarbeit

Es ist zwei Uhr morgens. Das kleine Dorf liegt noch im Dunkeln und die gut eintausend Einwohner in ihren Betten. Gerade donnert ein Kesselwagenzug über die nahen Gleise der Werkbahn. Sie verbindet die Chemiebetriebe der Region mit dem großen Güterbahnhof und tangiert den westlichen Dorfrand. Trotz des Lärms, an den sich die Dorfbewohner längst gewöhnt haben, schlafen sie noch fest. Nur in der Bäckerei von Eduard Marx, von den Spergauern einfach nur Eddie genannt, brennt schon Licht. Widerwillig, aber doch neugierig, quäle ich mich aus dem Bett. Ich darf und will heute dabei sein und zusehen, wenn Eddi und sein Geselle aus Mehl, Wasser und andere Zutaten zu Brot, Brötchen, Kuchen und anderem leckeren Backwerk verarbeiten. In der Backstube ist es wohlig warm, und der Duft von frischem Backwerk liegt in der Luft. „Als Bäcker muss man zeitig in der Backstube stehen, wenn Brot und Brötchen frisch sein sollen", erklärt mir Eddi. Aus einer Ecke der Backstube ist ein monotones Geräusch zu vernehmen. Das kommt von der Knetmaschine, die sich gleichmäßig dreht und die Zutaten Mehl, Wasser, Salz und Sauerteig für den Brotteig zusammenrührt. Die erste Aufgabe zu dieser frühen Stunde. „Die wichtigsten Schritte beim Brotbacken sind die Teigzubereitung und das Backen im heißen Ofen", erklärt Eddi. Um das Mehl zu lockern, müsse das Mehl zunächst gesiebt werden. Danach werden die weiteren Zutaten mit Wasser zu einem Teig geknetet.

Weizenteige werden dabei in schnell drehenden Teigmaschinen und Roggenteige im langsam drehenden Kneter vermengt. Anschließend muss der Teig ruhen. Zwei- und dreistufige Natursauerteige, was immer darunter zu verstehen ist, sogar bis zu achtzehn Stunden. So wird der Teig gelockert und erhält seinen leckeren Geschmack.

Eddie ist gerade dabei, die letzten Brötchen fertigzustellen, bevor diese in den Backofen kommen, das alles geht ihm flink von der Hand. „Die streiche ich jetzt mit Wasser ein, damit sie nachher einen schönen Glanz bekommen", erklärt mir Eddi. Etwa an die 50 Stück werden es an diesem Tag sein müssen. „Die müssen bis drei Uhr fertig sein", erzählt er und wischt sich mit einem dunklen Handtuch den Schweiß von der Stirn. Vorstecker wird das genannt, weil es vorn im Hosenbund steckt. Immer griffbereit sozusagen. Mit zwei dicken Topflappen, zum Schutz seiner Hände, wuchtet Eddie fünf Minuten später die Backofentür auf und zieht die Bleche mit dem Brötchen heraus. Der Teigmischer hat inzwischen einen großen Berg Teig für das frische Brot vorbereitet. Der Teig muss fertig sein, wenn auch die letzten Brötchen fertig sind. Dann ist es mit der Ruhe vorbei. Nach der Teigruhe werden die Teige „aufgemacht", so der Fachausdruck. Das heißt, sie werden zu backfertigen Teigstücken geformt. Ganz so, wie man es von früher kennt. Damit die Teige weiter gären, sich also ausdehnen und weiter lockern, folgt nun die Stückgare. Mit dem Abstecher greift der Geselle in die Masse, sticht kleine Haufen ab und wiegt sie je nach Schwere des Brotes ab. Eddie greift sich einen dieser Teigklumpen und wirft ihn mit Schwung auf den Knettisch. Das hört sich an wie der Schlag mit einer Fliegenklatsche. Sogleich beginnt er diesen unförmigen Klumpen ordentlich durchzukneten. Das kostet Kraft. Die Hände leisten Schwerstarbeit. Schweißperlen bilden sich auf Eddis Stirn. Aber jeder Handgriff sitzt. Ich stehe und staune. „Augenmaß und Handgewicht …", sage ich zu Eddi in Anspielung darauf, dass er dabei die Waage kaum eines Blickes würdigt. „… vergesst den deutschen Bäcker nicht!", ergänzt Eddi das Sprichwort. In weniger als einer Minute ist so ein Teigballen rund oder länglich entstanden, dem man die Form eines Brots bereits ansieht. Auf den Teig kommt es an, erklärt er, und auf die Handarbeit. Die Schweißperlen auf seiner Stirn rinnen über Eddis Gesicht. Wieder wischt er sich mit seinem dunklen Handtuch den Schweiß von der Stirn. Noch viele Male in dieser Nacht.

Während die fertigen Teigballen jetzt noch eine halbe Stunde ruhen dürfen, wird der Ofen auf 240 Grad aufgeheizt. Zeit, den Arbeitsplatz zu reinigen und Zeit für eine Tasse Kaffee.

Hat der Backofen seine Temperatur erreicht, werden die Brote im Ofen gebacken. Je nach Brotsorte unterschiedlich heiß und lange. Beispielsweise werden freigeschobene Brote meist sehr heiß und sehr kurz angebacken, damit sich schnell eine Teighaut bildet und die Brote schön saftig bleiben. Fertig gebacken werden freigeschobene Brote dann bei kleiner Temperatur.

Von seinem Vorgänger, der in den Ruhestand gehen wollte, hat Eddi die Bäckerei übernommen. Seitdem versorgt die Bäckerei die Spergauer mit Brot, Brötchen und leckerem Kuchen. Es sei ein schwerer Kampf mit den Behörden zu dieser Zeit gewesen, erzählt er. Den habe er aber letztendlich gewonnen. Erinnerungen werden wach. Von der Zeit, als sich vor Eddis und seines Vorgängers Laden lange Menschenschlangen bildeten. Besonders an Samstagen. Eine Stunde vor Ladenöffnung standen die ersten Kunden bereits vor der Tür. Die kamen nicht nur aus

Spergau. Und mancher kaufte gleich für seine Nachbarn mit ein. „Haben Sie bestellt", fragte jedes Mal die Verkäuferin. „Nein? Dann müssen Sie warten!" Oder: „Das sind alles vorbestellte Brötchen. Die kann ich nicht verkaufen." Eddi muss heute noch darüber lachen.

Die Brote kommen aus dem Ofen, der Duft der frischen knusprig braunen Laibe breitet sich in der Backstube aus. Der Arbeitstag oder besser die Nacht für Eddie und seinen Gesellen neigt sich dem Ende zu. Langsam wird die Temperatur im Ofen runtergefahren. In der Backstube werden Mehlstaub und Teigreste zusammengekehrt. Eine letzte Tasse Kaffee wird getrunken, bevor um fünf Uhr die Verkaufswagen beladen werden. Mit zirka eintausend Brötchen, einigen Broten und leckeren Kuchen geht es auf Tour. Eddi hat sein Tagwerk für heute beendet und legt sich zur Ruhe. Ich mache mich auf den Weg nach Hause. Draußen ist es noch immer dunkel, aber hier und da sind schon einige erleuchtete Fenster zu erkennen.

Der Ländersammler

Lassen Sie sich mitnehmen auf eine Reise rund um die Welt. Nein, nicht mit dem Flugzeug, dem Schiff oder der Bahn. Auch nicht mit dem Auto oder, wie mancher wagemutige Zeitgenosse, mit dem Fahrrad. Nein auf eine virtuelle, eine künstlerische Reise soll es gehen. Starten werden wir in einem Dorf, in dem der Maler Peter G. sein Maleratelier hat. Auf seiner Terrasse bei einem Glas Wein von seinem Lieblingsweinberg in Bingen am Rhein sitzend, Kopfhörer über die Ohren gestülpt und eine Zigarette in der Hand, lacht er mir schon entgegen. Nach kurzem Shakehand bittet mich der Meister höchstselbst in sein Heiligtum. Da sitzt er nun vor mir. Der Maler, Künstler und Visionär. Schulterlange weiße Haare und ein gleichfarbiger Vollbart, aus dem ein kleiner Mund hervorlugt, prägen sein Gesicht. Seine Augen erscheinen mir wie zwei winzige Pünktchen im Gesichtsoval.

Im Hintergrund strahlt ein großes Fernsehgerät Bilder eines Rockkonzertes aus. Rockmusik ist seine zweite Leidenschaft, verrät mir Peter G.

Seit seiner Schulzeit hat sich Peter G. der Malerei verschrieben. Zunächst jedoch schließt er, wie jeder andere brave DDR-Bürger, die Schule ab – mit der Reifeprüfung – und erlernt einen soliden Beruf. Er wird Chemiefacharbeiter – heute nennt man es Chemikant – in den Leuna-Werken.

Die Wende ist ein Glücksfall für ihn. Jetzt kann er sich intensiver seinem Hobby widmen und seinen Visionen freien Lauf lassen. Er nimmt ein Fernstudium an der ABC Kunstschule Paris im Lehrgang „Zeichnen und Malen" auf und schließt das erfolgreich ab. Seine Bilder präsentiert der Visionär erstmals im Schloss Lützen der Öffentlichkeit. Bis ihm dann diese Idee mit dem Weltbild kam.

„Ich hatte die Idee, und einige Freunde aus dem Dorf ermutigten mich dazu, von jedem Land der Erde ein Bild in Öl auf Leinwand zu malen. Aber nicht irgendwelche Bilder sollten es werden." Peter G. hebt erklärend seinen Zeigefinger.

„Nach einer Zählung im Jahr 2000 soll es offiziell einhundertzweiundneunzig selbständige Staaten gegeben haben. Meine Vision ist die Verbindung und die Verbundenheit aller Länder dieser Welt in einer friedlichen Zukunft. Wir haben alle nur diese eine Erde, und die sollten wir nicht kaputt machen."

Eine hehre Vision, lieber Meister, denke ich im Stillen und verziehe skeptisch meinen Mund, ohne meinen Blick von seinen Bildern zu wenden.

„Ich male die Bilder so, dass alle Länder gleichberechtigt nebeneinanderstehen. In gleicher Größe und miteinander verbunden."

Er nennt sein Werk „The World Union Vision".

Jetzt sehe ich, was der Künstler damit meint. Jedes Land von den einhundertzweiundneunzig hat auf einem Bild seinen Platz bekommen. Einen Meter in der Breite und siebzig Zentimeter in der Höhe. Das Besondere ist, dass ein Bild nahtlos in das andere übergeht. Deutlich erkennbar zum Beispiel auf den Bildern von Bahrain und Mauretanien. Das leuchtend grüne Laub eines Baumes auf dem Bahrainbild setzt sich fort auf dem Bild von

Mauretanien. Ebenso gelungen das kristallklare Wasser eines Sees zwischen Kiribati und Vietnam. Und so weiter und so weiter. Am Ende ist ein Bild entstanden, welches einhundertzweiundneunzig Meter lang ist, wie sich leicht errechnen lässt.

„Wo soll denn das mal ausgestellt werden?", frage ich angesichts der monumentalen Größe. Das wüsste er leider noch nicht, sagt er und wendet seinen Blick nach oben. Na dort sicher nicht, schießt es mir durch den Kopf. Oder doch?

Inzwischen sind seine Bilder, er nennt sie seinen Weltbild-Zyklus, fertiggestellt, und der letzte Pinselstrich ist gezogen.

„Alle einhundertzweiundneunzig Länder sind nun friedlich vereint", betont er. Aber eben nur auf seinen Bildern. In der realen Welt bleibt das vorerst eine Vision.

Links an der Wand seines Ateliers hat der Maler Peter G. aus Platzmangel einen Teil seiner Weltbilder aufgereiht. Dicht an dicht in drei Reihen übereinander. Ebenso an der hinteren Querwand.

Wo beginne ich nun mit meiner virtuellen Weltreise? Ein Witz fällt mir ein: Ein junger Doktorand bittet um Hilfe für seine Doktorarbeit. „Herr Professor, sagen Sie mir bitte, wo soll ich bloß anfangen?"

Der Professor lächelt und antwortet: „Links oben."

Also trete ich näher heran, schaue auf das Bild links oben und sehe mich der Republik der Malediven gegenüber. Ein Inselstaat im Indischen Ozean südwestlich von Sri Lanka. Der Archipel besteht aus mehreren Atollen, von denen Peter G. das schönste mit Pinsel und Farbe auf Leinwand verewigt hat. Eine Reihe tiefer ein Bild der Republik Surinam. Wo um Himmelswillen liegt Surinam? Surinam ist ein kleines Land auf dem Südamerikanischen

Kontinent. Das ehemalige Niederländisch-Guayana. Vier Schritte weiter rechts grüßt farbenfroh die Skyline von Singapur. Banken und Geschäftshäuser. Ein Zentrum des Welthandels. Wer genauer hinschaut, kann die Geschäftigkeit in den Straßen der Großstadtmetropole spüren. Ein Schritt links um die Ecke grüßt das Luxushotel in Brunei von der Wand. Eine farbenfrohe, filigrane und sicher sehr aufwendige Arbeit des Künstlers. Respektvoll wende ich mich dem Künstler zu und recke anerkennend meinen Daumen hoch.

Drehe ich mich ein wenig nach rechts, bin ich unvermittelt im Hafen von Beirut im Libanon angekommen. Ein Frachtschiff löscht gerade seine Ware. Weiter geht es. Von Bild zu Bild. In kleinen Schritten immer weiter, bis ich in Sierra Leone angekommen bin. Ein Land auf dem afrikanischen Kontinent.

An der Stelle endet meine virtuelle Weltreise. Die anderen Länderbilder stehen wohlgeordnet vor den an der Wand hängenden und harren ihrer Veröffentlichung.

Doch halt! Gerade will ich mich dem Peter G. wieder zuwenden, da entdecke ich noch ein Bild. Abseits der Bilder der Ländersammlung fristet direkt neben dem Galerieeingang das Bild einhundert ein einsames Dasein. Deutschland: mit der wunderschönen Gegend im Mittelrheintal. Im Hintergrund ist der träge dahinfließende Rhein zu sehen, und im Vordergrund hat sich der Meister – wie auch Tübke auf seinem Monumentalwerk – selbst verewigt. Mit einer goldblonden Schönheit an seiner Seite. Oder ist es gar selbst die Loreley? Deren Haupt soll ja ebenfalls goldenes Haar geziert haben, schrieb schon Heinrich Heine. Den Namen der Schönheit kennt nur der Schöpfer des Bildes selbst. Und der schweigt und lächelt geheimnisvoll. Jedenfalls sei Bingen am Rhein seine zweite

Heimat, schwärmt der Künstler. Jedes Jahr verbringe er dort so viel Zeit wie möglich.

Welches Land, welches Bild mir am besten gefallen hätte, will er zum Schluss wissen. Diese Frage, oft gestellt, kann man nicht so einfach beantworten. Dafür ist die Welt zu unterschiedlich, bei dem einen Land ist die Natur grandios, woanders die Bauwerke, in einem dritten die Akkuratesse des Malers selbst. Man würde vielen anderen Ländern unrecht tun, wenn man nur ein einziges herausgreifen wollte, antworte ich.

Ein gewisser Malstil, so scheint es mir, zieht sich wie ein roter Faden durch jedes Bild von Peter G. Naive Kunst. Einfach und naiv kommen die Motive seiner Bilder daher. Wo er denn die Motive herhabe, will ich wissen. Freunde, Bekannte des Malers, die persönlich diese Länder bereisten, stellten ihm Fotos zur Verfügung. Besonders der Harald B., den der Maler liebevoll den Weltenbummler nennt, hatte einen großen Anteil daran.

Aber zurück zu den Weltbildern des Visionärs Peter G. Ob Afrika abseits der Safari Lodges Burkina Faso, Niger, Kongo, Burundi, Somalia – nur um einige zu nennen – oder die Antarktis mit ihren Pinguinen und atemberaubenden Eismassen. Das überraschend schöne Afghanistan – die Liste ließe sich noch weiter fortsetzen –, ein einziges Land auf meiner virtuellen Reise hervorzuheben, das geht nicht.

Fast zehntausend Arbeitsstunden hat Peter Gehre an seiner „World Union Vision" gemalt. Das sind reichlich fünfzig Stunden pro Bild. Eine ungeheure Fleißarbeit, muss ich eingestehen. Über den künstlerischen Aspekt kann man sich eh streiten, weil jeder Mensch eine andere Sicht auf die Dinge, sprich Bilder, hat.

Inzwischen geben sich lokale und Landespolit-Prominenz in der Galerie die Klinke in die Hand. Das Fernsehen war auch schon da, sagt der Meister voller Stolz. Sogar in einer großen Liveshow sei er aufgetreten.

Gleich zu Beginn seines Mammutprojektes hat Peter G. eine eigene Stiftung gegründet, denn seine „Weltbilder" sollen für immer beisammenbleiben.

„Mein großer Wunsch ist es, das Gesamtbild einmal in seiner ganzen Größe ausstellen und sehen zu können. Ich glaube fest daran."

Möge der Wunsch des Visionärs Peter G. nicht nur ein frommer Wunsch, sondern Wirklichkeit werden. Die nach uns Geborenen werden darüber berichten. Oder auch nicht.

Weiterhin erschienen im pkp Verlag

Philosophie

INOCHI
The Book of Life | Das Buch des Lebens
Mikoto Masahilo Nakazono
Deutsch von Pierre Kynast

Trialektik
Entwurf eines metaphysischen Schemas zur
Beschreibung und Beherrschung der Wirklichkeit
Pierre Kynast

Friedrich Nietzsches Übermensch
Eine philosophische Einlassung
Pierre Kynast

Orgonomie

OrgonEnergieSysteme I
Wolkenzerstäuben, Cloudbuster und Regenmachen: Zur
Orgonomie der Atmosphärenbeeinflussung
Pierre Kynast

Historischer Roman

Der Schamanensand vom Regenstein
Die Sachsenkriege und das Leben König
Heinrichs IV. († 1106) – Teil 1
Regina Oversberg

Erzählungen

Du hast genau ein Leben
Überzeugter Soldat der Wehrmacht, desillusionierter
Schulleiter in der DDR, verzweifelter Freitod
Regina Oversberg

Durchlebte Wende im Osten
Erlebnisse, Beobachtungen und Einschätzungen eines
Westdeutschen in der ehemaligen DDR
Gerhard Brugmann

Geschichten aus dem Leseturm III
Das Wendebuch: Erlebte Revolution 1989/90,
Massenflucht, Reisefreiheit, D-Mark, Wiedervereinigung
Leseturm. Literaturkreis Merseburg

Aus der Heimat in die Ferne
Zweiter Weltkrieg, Flucht und Vertreibung 1945
Ingeborg Schmelz

Weihnachtsgeschichten aus dem Leseturm
Festtagsfreuden rund um Gänsebraten, Westpakete und
die Liebe unterm Weihnachtsbaum
Leseturm. Literaturkreis Merseburg

Alltägliche Sensationen
Geschichten und Reportagen
Tilo B.

Geschichten aus dem Leseturm II
Merseburg zwischen Russenkaserne, Strandkorb und TH
Leseturm. Literaturkreis Merseburg

**Neue Geschichten über Herbert, Hubert und andere
Zeitgenossen**
Regina Oversberg

Kunst, Fotografie und Lyrik

Licht & Tinte
Fotografie, Lyrik und Prosa aus Halle und Merseburg
Leseturm Literaturkreis Merseburg
Fotoklub Inspiration, Verein für Fotografie e.V., Halle

Fantasy

Die Geheimnisse von Surania
Selenia Night

Jared – Vampir meiner Träume
Selenia Night

Kinderbücher

Der Spatzenjunge Flori
Kleine Weisheiten für Große von Morgen
Ingeborg Schmelz

Die kleine Brockenhexe Walpurgis
Johanna Adler

Möchten Sie über Neuerscheinungen im pkp Verlag
informiert werden? Kontaktieren Sie uns gern jederzeit.

E-Mail: info@pkp-verlag.de
Internet: pkp-verlag.de
Telefon: 0172 3552864

pkp Verlag
Postfach 1602, 06206 Merseburg, Deutschland